1판 1쇄 발행 2024년 2월 29일
1판 3쇄 발행 2024년 12월 10일
발행처 (주)서울문화사 | **발행인** 심정섭
편집인 안예남 | **편집팀장** 최영미 | **편집** 김은솔, 한나래, 허가영
브랜드마케팅 김지선 | **출판마케팅** 홍성현, 김호현 | **제작** 정수호
출판등록일 1988년 2월 16일 | **출판등록번호** 제2-484
주소 서울시 용산구 새창로 221-19
전화 02)791-0708(판매), 02)799-9375(편집)
디자인 김가희 | **인쇄** 에스엠그린인쇄사업팀

ISBN 979-11-6923-875-5
979-11-6923-823-6(세트)

 © 2024 SANRIO CO., LTD.
FOR SALE IN KOREA ONLY

캐릭터 소개

★ 포차코 ★

- 생일: 2월 29일
- 매력 포인트: 아기 똥배
- 키: 바나나 아이스크림 라지 사이즈 컵 4개 정도
- 취미: 걷기, 놀기
- 좋아하는 음식: 바나나 아이스크림

★ 마이멜로디 ★

- 생일: 1월 18일
- 태어난 곳: 마리랜드에 있는 숲
- 키: 숲에 있는 빨갛고 하얀 물방울 모양의 버섯과 비슷한 정도
- 취미: 엄마와 함께 쿠키 굽기
- 좋아하는 음식: 아몬드 파운드케이크

★ 헬로키티

- **생일:** 11월 1일
- **태어난 곳:** 영국 교외
- **키:** 사과 5개
- **좋아하는 음식:** 엄마가 만들어 준 애플파이
- **좋아하는 것:** 피아노 연주, 쿠키 만들기

★ 폼폼푸린

- **생일:** 4월 16일
- **사는 곳:** 주인 누나 집 현관에 있는 푸린용 바구니
- **취미:** 신발 모으기
- **특기:** 낮잠, 누구든지 친해지는 것
- **좋아하는 음식:** 우유, 푹신푹신한 것, 엄마가 만들어 주는 푸딩

✹ 쿠로미 ✹

- 생일: 10월 31일
- 매력 포인트: 검은색 두건과 핑크색 해골
- 취미: 일기 쓰기
- 좋아하는 색: 검은색
- 좋아하는 음식: 락교

✹ 시나모롤 ✹

- 생일: 3월 6일
- 사는 곳: 수크레 타운에 있는 '카페 시나몬'
- 특기: 큰 귀로 하늘을 나는 것
- 취미: 카페 테라스에서 낮잠 자기
- 좋아하는 것: '카페 시나몬'의 유명한 시나몬롤, 코코아

이 책의 구성

* 본문 구성 *

* 부록 구성 *

① 6개의 다양한 주제로 나누었어요.

② 재밌는 퀴즈와 깜짝 힌트가 있어요.

③ 속담을 쉽게 풀어서 알려 줘요.

④ 비슷한 속담과 알아 두면 좋은 속담이 있어요.

⑤ 속담의 다양한 활용 방법을 알려 줘요.

⑥ 수수께끼 정답은 아래에 있어요.

비슷한 속담 찾기, 그림자 알아맞히기, 미로 찾기 등 재미있는 놀이가 있어요.

한눈에 보는 속담으로 더 많은 속담을 만날 수 있어요.

차례

이 책의 구성 ······ 5

1장 키득키득 재치 속담 • 8

- 한눈에 보는 재치 속담 ············ 44
- 비슷한 속담 놀이터 ············ 46

2장 알쏭달쏭 교훈 속담 • 48

- 한눈에 보는 교훈 속담 ············ 84
- 사다리 타기 놀이터 ············ 86

3장 궁금궁금 지혜 속담 • 88

- 한눈에 보는 지혜 속담 ············ 124
- 속담 완성 놀이터 ············ 126

4장 영차영차 노력 속담 · 128

- ♥ 한눈에 보는 노력 속담 ······ 160
- ♥ 그림자 놀이터 ······ 162

5장 와글와글 관계 속담 · 164

- ♥ 한눈에 보는 관계 속담 ······ 196
- ♥ 속담 찾기 놀이터 ······ 198

6장 반짝반짝 생각 속담 · 200

- ♥ 한눈에 보는 생각 속담 ······ 232
- ♥ 미로 놀이터 ······ 234

놀이 정답 ······ 235 / **찾아보기** ······ 236

1장

키득키득 재치 속담

배보다 배꼽이 더 크다

빈 수레가 요란하다

재치 01

가는 날이
ㅈ ㄴ

빈칸의 초성에 알맞은 단어를 아래 보기 중에서 골라 보세요.

① 장날
② 재난
③ 저녁

깜짝힌트

사람들이 모여 물건을 사고파는 날이에요. 시골에서는 4~5일에 한 번씩 열리지요.

✦ 속담 풀이와 활용 ✦

미리 생각하거나 계획하지 않은 일을 우연히 마주친 상황을 말해요.
뜻밖의 행운을 얻거나, 반대로 힘든 일을 겪는다는 뜻이에요.

속담 풀이

비슷한 속담

❶ 가는 날이 생일
❷ 오는 날이 장날

우연히 공원에 갔는데 알뜰 시장이 열려 사고 싶던 물건을 싸게 샀을 때 "가는 날이 장날이네."라고 말해요.
반대로 물건을 사려고 가게에 갔는데, 마침 가게가 문을 닫았을 때도 이렇게 말하지요.

이렇게 활용해요!

장날 풍경

✦ 재치 02 ✦

ㄱ 똥도
약에 쓰려면 없다

 빈칸의 초성에 알맞은 단어를 아래 그림자를 보고 맞혀 보세요.

깜짝힌트

사람과 가장 친숙한 반려동물 중 하나로, 네발로 걷고, 냄새를 '킁킁' 잘 맡아요.

✦ 속담 풀이와 활용 ✦

속담 풀이

개똥처럼 평소에는 흔하게 볼 수 있었던 물건도 막상 필요할 때는 찾기 힘들다는 말이에요.

비슷한 속담

① 쇠똥도 약에 쓰려면 없다
② 까마귀 똥도 약에 쓰려면 오백 *냥이라

★ 냥: 예전에 엽전을 세던 단위.

이렇게 활용해요!

많이 사다 놓은 연필이 일기를 쓰려고 하니, 하나도 보이지 않을 때 "개똥도 약에 쓰려면 없다더니!" 하고 말해요.

개

재치 03

식후경

> 빈칸의 초성에 알맞은 단어를 아래 보기에서 찾아 연결해 보세요.

금	이	가
은	강	랑
발	루	산

깜짝 힌트

강원도 북쪽에 있는 산이에요. 계절에 따라 봉래산, 풍악산, 개골산 으로도 불려요.

✦ 속담 풀이와 활용 ✦

속담 풀이

아름다운 금강산도 배가 고프면 제대로 볼 수 없겠지요? 이처럼 아무리 재미있는 일이라도 배가 불러야 흥이 난다는 뜻이랍니다.

알아 두면 좋은 속담

산 넘어 산이다
시간이 지날수록 더 어렵고 힘들어지는 상황을 말해요.

이렇게 활용해요!

식물원에 식물을 구경하러 나가기 전에 든든하게 밥을 먹고 나갈 때 '금강산도 식후경'이라고 해요. 아무리 좋은 구경이라도 밥을 먹고 난 뒤에 할 맛이 난다는 뜻이지요.

금강산

정답은 묘약

재치 04

까마귀 날자 ㅂ 떨어진다

빈칸의 초성에 알맞은 단어를 아래 보기 중에서 골라 보세요.

① 별
② 배
③ 불

깜짝힌트

둥근 모양의 누런색 과일이에요. 껍질을 벗기면 하얀색이고 단맛이 나요.

✦ 속담 풀이와 활용 ✦

 **속담 풀이**

까마귀 때문에 배가 떨어진 것처럼 보인다는 말이에요. 전혀 상관없는 일이 동시에 일어나 억울하게 의심받는다는 뜻이지요.

 **알아 두면 좋은 속담**

까마귀 고기를 먹었나
잊어버리기를 잘하는 사람을 놀리거나 나무라는 말이에요.

 **이렇게 활용해요!**

내가 친구의 책상 옆을 지나갈 때 마침 친구의 지우개가 아래로 떨어졌어요. 이처럼 마치 내가 친구의 지우개를 떨어뜨린 것처럼 되었을 때 사용해요.

까마귀

✦ 재치 05 ✦

ㄴ 놓고
기역 자도 모른다

 빈칸의 초성에 알맞은 단어를 아래 그림자를 보고 맞혀 보세요.

깜짝 힌트

풀, 곡식 등을 베는 데 사용하는 기역(ㄱ) 자 모양의 쇠로 만든 단단한 농기구예요.

✦ 속담 풀이와 활용 ✦

속담 풀이

풀을 벨 때 쓰는 농기구 낫은 기역 자처럼 생겼어요. 기역 자처럼 생긴 낫을 보고도 기역 자인지 모를 만큼 아는 것이 없는 사람을 말해요.

알아 두면 좋은 속담

기역 자 왼 다리도 못 그린다
기역 자의 일부분도 못 그릴 만큼 아는 것이 없다는 뜻이어요.

이렇게 활용해요!

참외를 사려고 과일 가게에 갔는데, 참외의 생김새를 몰라 참외를 앞에 두고도 찾지 못할 때 "낫 놓고 기역 자도 모른다."라고 말해요.

낫

◆ 재치 06 ◆

ㄷ ㅌ ㄹ
키 재기

빈칸의 초성에 알맞은 단어를 아래 보기에서 찾아 연결해 보세요.

고	구	도
오	토	지
리	렌	마

깜짝힌트

참나무에서 열리는 작은 열매예요. 다람쥐가 좋아하는 먹이 중 하나이지요.

✦ 속담 풀이와 활용 ✦

속담 풀이

크기가 비슷비슷한 도토리들의 키를 재어 봐도 큰 차이가 없어요. 능력이 비슷한 사람들끼리 자기가 더 잘났다고 서로 다툰다는 뜻이에요.

비슷한 속담

① 참깨가 기니 짧으니 한다
② 네 콩이 크니 내 콩이 크니 한다

이렇게 활용해요!

키가 비슷비슷한 친구들끼리 "내가 더 크네, 네가 더 크네" 하면서 아옹다옹 키를 재는 모습을 보며 "도토리 키 재기야."라고 말해요.

도토리

재치 07

누워서 ㄸ 먹기

빈칸의 초성에 알맞은 단어를 아래 보기 중에서 골라 보세요.

재치

① 떡
② 똥
③ 땅

깜짝 힌트

곡식 가루를 쪄서 치거나 빚어 만든 음식이에요. 인절미, 송편, 백설기 등이 있어요.

✦ 속담 풀이와 활용 ✦

속담 풀이

가만히 누워서 떡을 먹는 것만큼 하기 쉬운 일을 뜻해요. 하지만 실제로 누워서 떡을 먹으면 목에 음식이 걸릴 수 있어 매우 위험하지요.

알아 두면 좋은 속담

남의 손의 떡은 커 보인다
남의 것이 내 것보다 더 좋아 보인다는 말이에요.

이렇게 활용해요!

속담에는 우리 조상의 생활이 담겨 있어요. 우리 민족은 예로부터 쌀을 주로 먹어서 쌀, 밥, 떡이 들어간 속담이 많답니다.

인절미

재치 08

도둑이
제 ㅂ 저리다

재치

빈칸의 초성에 알맞은 단어를 아래 그림자를 보고 맞혀 보세요.

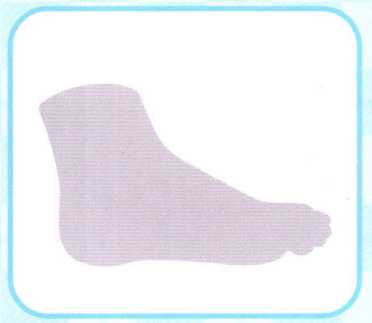

깜짝힌트

다리의
제일 끝부분으로,
걷거나 뛸 때
사용해요.

✦ 속담 풀이와 활용 ✦

속담 풀이

'저리다'는 오랫동안 눌려서 느낌이 둔해지는 걸 말해요. 도둑은 자기 잘못이 들킬까 봐 가만히 있어도 발이 계속 저릿저릿하다는 뜻이에요.

알아 두면 좋은 속담

방귀 뀐 놈이 성낸다
잘못한 사람이 도리어 화를 낸다는 뜻이에요.

이렇게 활용해요!

잘못을 따져 묻지도 않았는데, 스스로 양심에 찔려서 잘못을 털어놓는 모습을 보고 "도둑이 제 발 저리네." 라고 말해요.

도둑질하는 사람

재치 09

닭 잡아먹고 ㅇ ㄹ ㅂ 내놓기

빈칸의 초성에 알맞은 단어를 아래 보기에서 찾아 연결해 보세요.

오	이	불
리	아	랑
발	루	별

깜짝힌트

'꽥꽥' 소리를 내며 뒤뚱뒤뚱 걷는 새의 신체 부위예요.

✦ 속담 풀이와 활용 ✦

속담 풀이

닭을 먹고 닭발이 아닌 오리발을 내민다는 말이에요.
이는 잘못을 저지른 뒤 엉뚱한 변명으로 잘못을 숨기려는 행동을 말해요.

알아 두면 좋은 속담

닭 소 보듯, 소 닭 보듯
닭과 소처럼 서로에게 아무 관심이 없는 것을 뜻해요.

이렇게 활용해요!

동생이 나에게 잘못을 하고 엉뚱한 꾀를 내어 잘못을 숨기려고 할 때
"닭 잡아먹고 오리발 내놓지 마."
라고 말해요.

오리

정답 오리발

재치 10

내 코가 석 ㅈ

빈칸의 초성에 알맞은 단어를 아래 보기 중에서 골라 보세요.

① 자
② 잠
③ 죽

깜짝힌트

길이를 재는 단위 중 하나로, 한 자는 약 30센티미터를 의미해요.

✦ 속담 풀이와 활용 ✦

속담 풀이

이 속담에서 코는 콧물을 뜻해요. '석 자'는 약 90센티미터랍니다. 콧물이 90센티미터나 흘러나온 상황처럼, 내 일이 급해서 다른 사람을 돌볼 여유가 없다는 뜻이에요.

알아 두면 좋은 속담

*되로 주고 말로 받는다
잘못하면 더 큰 손해를 입을 수 있다는 의미로 주로 쓰여요.

★ 되, 말: '되'와 '말'은 곡식이나 액체의 양을 재는 단위.

이렇게 활용해요!

동생이 숙제를 도와달라고 했어요.
하지만 나도 아직 숙제를 못해서 동생을 도와줄 수 없지요. 이럴 때 동생에게 "지금 내 코가 석 자야." 라고 말할 수 있어요.

정답 | 가

✦ 재치 11 ✦

땅 짚고 ㅎㅇ치기

재치

빈칸의 초성에 알맞은 단어를 아래 그림자를 보고 맞혀 보세요.

깜짝 힌트

물속에서 앞으로 나아가기 위해 팔다리를 움직이는 행동을 뜻해요.

✦ 속담 풀이와 활용 ✦

속담 풀이

바닥에 누워서 헤엄치는 척하는 건 정말 쉬워요. 이처럼 힘을 들이지 않고 **쉽게 할 수 있는 일이나 의심할 것 없이 확실한 일**을 말해요.

비슷한 속담

❶ 누운 소 타기
❷ 누워서 떡 먹기

이렇게 활용해요!

이미 두발자전거를 잘 타는 친구에게 세발자전거 타기는 '**땅 짚고 헤엄치기**' 이지요.

헤엄치는 모습

재치 12

떡 줄 사람은 꿈도 안 꾸는데 ㄱ ㅊ ㄱ 부터 마신다

빈칸의 초성에 알맞은 단어를 아래 보기에서 찾아 연결해 보세요.

김	가	루
차	칫	초
고	바	국

깜짝힌트

우리나라의 대표 음식인 김치에서 물이 나와 생긴 국물을 말해요.

✦ 속담 풀이와 활용 ✦

속담 풀이

옛날에는 특별한 날에 떡을 만들어 나눠 먹었어요. 이웃이 떡을 하면 나눠 먹을 생각에 들떠 목이 메지 않게 김칫국을 준비했을 거예요. 이처럼 상대방은 생각지도 않는데 혼자 기대하고 미리 행동한다는 뜻이에요.

비슷한 속담
❶ 김칫국부터 마신다
❷ 떡방아 소리 듣고 김칫국 찾는다

이렇게 활용해요!

내가 가족들과 여행을 가는데, 친구가 당연히 자신의 선물을 사 올 거라고 기대하는 모습을 보고 "떡 줄 사람은 꿈도 안 꾸는데 김칫국부터 마시네."라고 말해요.

동치미

정답: 김칫국부터

ㅂ ㄱ 뀐 놈이 *성낸다

빈칸의 초성에 알맞은 단어를 아래 보기 중에서 골라 보세요.

① 방귀
② 번개
③ 베개

깜짝힌트

가스가 '뽕뽕' 항문에서 나와요. 보통 지독한 냄새가 나지요.

* **성내다**: 화나는 마음을 나타내다.

✦ 속담 풀이와 활용 ✦

속담 풀이

방귀를 뀐 사람이
먼저 나서서
성을 내는 것처럼
잘못을 저지른 사람이
반성하지 않고 오히려
남에게 화낸다는 뜻이에요.

알아 두면 좋은 속담

방귀 자라 똥 된다
처음에는 대단치 않던 문제도 심해지면
큰 말썽거리가 된다는 뜻이에요.

이렇게 활용해요!

단체 경기에서
실수한 친구가
오히려 화를 낼 때
"방귀 뀐 놈이
성내네."라고 말하지요.

방귀 뀌는 강아지

✧ 재치 14 ✧

물에 빠지면 ㅈ ㅍ ㄹ ㄱ 라도 잡는다

재치

빈칸의 초성에 알맞은 단어를 아래 보기에서 찾아 연결해 보세요.

지	푸	라
차	칫	기
고	바	오

깜짝힌트

벼나 밀의 이삭을 떼어 내고 남은 줄기를 모아 둔 짚의 부스러기를 말해요.

✦ 속담 풀이와 활용 ✦

속담 풀이

지푸라기는 얇고 약해서 잡아도 금방 부러져요. 물에 빠지는 것처럼 **위급한 상황에서는 보잘것없는 지푸라기라도 붙잡고 늘어지게** 된다는 뜻이지요.

알아 두면 좋은 속담

큰 고기는 깊은 물속에 있다
훌륭한 인물은 많은 사람들 속에 섞여 잘 드러나지 않는다는 말이에요.

이렇게 활용해요!

위급한 상황이 되면 사소한 것에라도 의지하며 문제를 해결하려고 해요. 이럴 때 "물에 빠지면 지푸라기라도 잡는다더니."라고 말할 수 있어요.

볏짚

재치 15

배보다 ㅂ ㄲ 이 더 크다

빈칸의 초성에 알맞은 단어를 아래 보기에서 찾아 연결해 보세요.

재	단	눈
발	배	꼽
코	귀	치

깜짝 힌트
아기가 엄마 배 속에 있을 때 연결되어 있던 탯줄이 떨어지면서 생긴 자리예요.

✦ 속담 풀이와 활용 ✦

속담 풀이

배의 일부분인 배꼽이 배보다 더 크다는 것은 원래 있던 것(기본)보다 딸려 있는 것(덧붙이는 것)이 더 크거나 많은 경우를 말해요.

비슷한 속담

❶ 발보다 발가락이 더 크다
❷ 얼굴보다 코가 더 크다

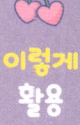
이렇게 활용해요!

멋진 장난감을 할인받아 사기 위해 필요 없는 물건을 더 많이 산 친구에게 "배보다 배꼽이 더 큰 거 아니야?"라고 말할 수 있어요.

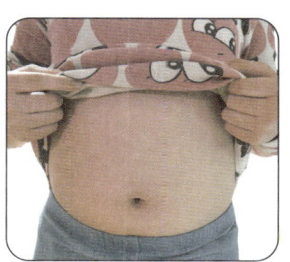
배와 배꼽

✦ 재치 16 ✦

소문난 ㅈ ㅊ 에 먹을 것 없다

빈칸의 초성에 알맞은 단어를 아래 보기 중에서 골라 보세요.

① 잡초
② 잔치
③ 주차

깜짝힌트

기쁜 일이 있을 때 음식을 가득 차리고, 사람들이 모여 함께 즐기는 일을 뜻해요.

✦ 속담 풀이와 활용 ✦

속담 풀이

떠들썩한 소문에 비해 음식이 부족하고 사람만 많은 잔치를 의미해요. 소문과 사실이 같지 않다는 뜻이지요.

비슷한 속담

❶ 이름난 잔치 배고프다
❷ 소문난 잔치 비지떡이
*두레 반이라

*두레: 둥근 덩어리를 세는 단위.

이렇게 활용해요!

반대되는 의미의 속담으로 '뚝배기보다 장맛이 좋다' 라는 속담이 있어요. 겉모양은 볼품없는 뚝배기지만, 내용물은 훌륭하다는 말이지요.

뚝배기에 담긴 된장

✦ 재치 17 ✦

빈 ㅅ ㄹ 가
요란하다

빈칸의 초성에 알맞은 단어를 아래 보기 중에서 골라 보세요.

① 사람
② 수레
③ 소리

깜짝힌트
바퀴가 달린 기구로,
사람을 태우거나
무거운 짐을 실어서
옮길 수 있어요.

✦ 속담 풀이와 활용 ✦

수레가 비어 있으면 끌고 다닐 때 덜컹거리는 소리가 더 크게 나요. 이처럼 **실력이나 지식이 부족한 사람이 더 큰 소리로 떠들 때** 쓰여요.

속담 풀이

비슷한 속담

❶ 빛 좋은 개살구
❷ 속이 빈 깡통이 소리만 요란하다

놀이기구 타는 것을 무서워하는 나에게 친구는 하나도 무섭지 않다며 큰소리 쳤지만, 놀이기구를 타고 나서 친구가 무섭다고 엉엉 울 때 **"빈 수레가 요란했군."** 이라고 말할 수 있어요.

수레

이렇게 활용해요!

정답 수레

한눈에 보는 재치 속담

재치가 가득한 속담을 알아봐요.

1. 가을 상추는 문 걸어 잠그고 먹는다

문을 걸어 잠그고 혼자 먹고 싶을 만큼 가을에 나는 상추가 특별히 맛있다는 말이에요. 하지만 맛있는 것을 함께 나누어 먹으면 혼자 먹는 것보다 더 맛있어요.

2. 동태나 북어나

동태찌개의 '동태', 북엇국의 '북어'는 모두 '명태'의 다른 이름이에요. '동태'는 명태를 얼린 것이고, '북어'는 명태를 완전히 말린 것이지요. 이처럼 이것이나 저것이나 다 똑같다는 말이에요.

3. 남의 다리 긁는다

다리가 간지러운데 다른 사람의 다리를 긁으면 아무 소용이 없겠지요? 기껏 열심히 한 일이 남 좋은 일이 된다는 뜻이에요.

4. 제 방귀에 놀란다

자신이 방귀를 뀌었는데 크게 '뽕' 소리가 나면 놀라겠지요? 이처럼 자기가 한 일에 자기가 놀라는 경우를 말해요.

5. 거북이 등의 털을 긁는다

대부분의 거북은 털이 없어요. 그런 거북의 등에서 털을 긁는다는 뜻으로, 아무리 노력해도 구할 수 없는 것을 구하려는 어리석은 행동을 말해요.

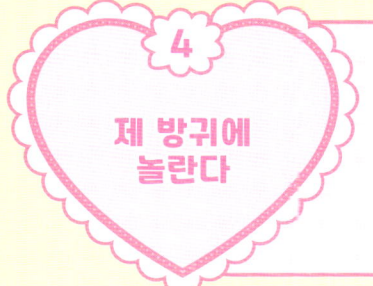

비슷한 속담 놀이터

속담의 뜻이 서로 비슷한 속담끼리 연결해 보세요.

가는 날이 장날

도토리 키 재기

땅 짚고 헤엄치기

참깨가 기니 짧으니 한다

가는 날이 생일

누워서 떡 먹기

배보다 배꼽이 더 크다

이름난 잔치 배고프다

소문난 잔치에 먹을 것 없다

빛 좋은 개살구

빈 수레가 요란하다

얼굴보다 코가 더 크다

교훈 01

ㄱ ㄹ ㅂ 에
옷 젖는 줄 모른다

빈칸의 초성에 알맞은 단어를 아래 보기에서 찾아 연결해 보세요.

가	리	오
랑	루	방
비	진	보

깜짝힌트

하늘에서 내리는 비의 종류 중 하나로, 보통 비보다 가늘게 내리는 비예요.

✦ 속담 풀이와 활용 ✦

속담 풀이

가랑비는 가늘게 내려서 옷이 젖고 있는 걸 느끼기 어려워요. 이렇듯 사소한 일도 계속되면 무시하지 못할 정도로 큰일이 된다는 뜻이지요.

알아 두면 좋은 속담

구름 없는 하늘에 비 올까
필요한 조건도 없이 결과가 이루어지는 법은 없다는 말이에요.

이렇게 활용해요!

마트에서 가격이 저렴한 상품을 많이 담다 보니 어느새 바구니가 가득 차서 예상보다 돈을 더 많이 썼을 때 "가랑비에 옷 젖는 줄 몰랐네."라고 말해요.

비에 젖은 풀잎

정답 가랑비

교훈 02

다 된 ㅈ 에 코 풀기

빈칸의 초성에 알맞은 단어를 아래 보기 중에서 골라 보세요.

① 종
② 잠
③ 죽

깜짝 힌트

곡식에 물을 많이 넣고
보글보글 오래 끓여서
만든 부드러운
음식이에요.

✦ 속담 풀이와 활용 ✦

완성된 음식에 누군가 콧물을 풀어 넣는다면, 그 음식을 먹을 수 없겠지요? 이처럼 거의 다 된 일을 망쳐 버리는 상황을 말해요.

속담 풀이

비슷한 속담

❶ 다 된 죽에 코 빠졌다
❷ 잘되는 밥 가마에 재를 넣는다

숙제를 다 했는데 동생이 낙서해서 숙제가 엉망이 되었을 때
"다 된 죽에 코 풀었네."
라고 말해요.

죽

이렇게 활용해요!

교훈 03

낮말은 ㅅ가 듣고
밤말은 쥐가 듣는다

빈칸의 초성에 알맞은 단어를 아래 그림자를 보고 맞혀 보세요.

깜짝 힌트

주로 몸이 깃털로 덮여 있고 날개가 있는데 대부분 하늘을 날 수 있어요.

✦ 속담 풀이와 활용 ✦

속담 풀이

아무리 몰래 숨어서 비밀로 이야기한다고 하더라도 말은 쉽게 새어 나갈 수 있어요. 그러므로 **언제나 말조심해야 한다는** 뜻이에요.

비슷한 속담

❶ 벽에도 귀가 있다
❷ 발 없는 말이 천 리 간다

이렇게 활용해요

소리는 낮은 온도 쪽으로 휘는 특성이 있어요. 그래서 낮에는 땅의 온도가 높아서 소리가 위로 올라가고, 밤에는 땅에 온도가 낮아서 소리가 아래로 내려가지요. 그렇기 때문에 낮에는 새, 밤에는 쥐가 들을 수 있다는 의미예요.

하늘을 나는 새

교훈 04

ㄱ ㄱ ㄹ
올챙이 적 생각 못 한다

빈칸의 초성에 알맞은 단어를 아래 보기에서 찾아 연결해 보세요.

고	름	개
라	가	구
게	려	리

깜짝 힌트
긴 다리를 이용해서 높이 뛰어다니며, '개굴개굴' 우는 동물이에요.

✦ 속담 풀이와 활용 ✦

속담 풀이

개구리가 되면 꼬리를 달고 헤엄치던 올챙이였을 때를 잊기 마련이에요.
이처럼 형편이 나아진 사람이 어렵던 시절을 잊고, 처음부터 잘살았던 것처럼 뽐내는 모습을 말해요.

알아 두면 좋은 속담

개구리도 움쳐야 뛴다
개구리도 뛰기 전에 움츠려야 한다는 뜻으로, 모든 일에는 준비 시간이 필요하지요.

이렇게 활용해요!

달리기를 못하던 친구가 달리기를 잘하게 된 뒤, 마치 처음부터 달리기를 잘했던 것처럼 뽐낼 때 "개구리 올챙이 적 생각 못 하네."라고 말할 수 있어요.

개구리

교훈 05

말이 ㅆ가 된다

 빈칸의 초성에 알맞은 단어를 아래 보기 중에서 골라 보세요.

① 쌀
② 씨
③ 쑥

깜짝힌트

싹을 틔워서 새로운 식물을 만들어 내는 것으로, '씨앗' 이라는 뜻이에요.

✦ 속담 풀이와 활용 ✦

속담 풀이

늘 말하던 것이 마침내 사실이 되었을 때를 나타내는 말이에요.
부정적인 말도 사실이 될 수 있으니, 언제나 말조심해야 하지요.

알아 두면 좋은 속담

씨를 뿌리면 거두게 마련이다
씨앗을 뿌리면 식물이 자라는 것처럼 열심히 일하면 좋은 결과를 얻어요.

이렇게 활용해요!

친구가 "오늘 선생님께서 숙제를 내 주실 것 같아."라고 말했는데, 정말로 선생님께서 숙제를 내 주셨을 때 "말이 씨가 됐네!" 하고 말해요.

씨

교훈 06

믿는 ㄷ ㄲ에
발등 찍힌다

빈칸의 초성에 알맞은 단어를 아래 그림자를 보고 맞혀 보세요.

깜짝 힌트

나무를 찍거나 쪼개는 도구로, 기다란 손잡이에 날카로운 쇠가 달려 있어요.

✦ 속담 풀이와 활용 ✦

매일 사용하는 익숙한 도끼라도 잘못하면 발등을 찍히는 사고가 일어날 수 있어요. 이처럼 잘될 거라고 믿었던 일이 어긋나서 피해를 입을 수도 있지요.

속담 풀이

비슷한 속담

❶ 믿던 발에 돌 찍힌다
❷ 아는 도끼에 발등 찍힌다

'믿는 도끼에 발등 찍힌다'는 속담은 굳게 믿었던 사람에게 배신당했을 때도 사용할 수 있어요.

도끼

이렇게 활용해요!

교훈 07

은
익을수록 고개를 숙인다

 빈칸의 초성에 알맞은 단어를 아래 보기에서 찾아 연결해 보세요.

세	반	여
벼	이	삭
운	소	설

깜짝힌트
꽃이 피고 열매가 열리는 벼의 끝부분을 말해요.

✦ 속담 풀이와 활용 ✦

속담 풀이

벼의 열매가 익으면 끝부분이 무거워져서 아래로 휘어요. 그 모습이 마치 고개를 숙인 겸손한 사람 같다는 말이에요. 벼가 익는 것처럼 <mark>교양이 있는 사람일수록 오히려 겸손하다</mark>는 뜻이지요.

비슷한 속담

❶ 곡식 이삭은 익을수록 고개를 숙인다
❷ 병에 찬 물은 저어도 소리가 나지 않는다

이렇게 활용해요!

달리기 대회에서 1등을 한 선수가 자신을 뽐내지 않고 겸손하게 이야기할 때 "역시 벼 이삭은 익을수록 고개를 숙이는구나."라고 말할 수 있어요.

노랗게 익은 벼

정답 벼 이삭

교훈 08

ㅂ ㄴ 도둑이
소도둑 된다

빈칸의 초성에 알맞은 단어를 아래 보기 중에서 골라 보세요.

① 비누
② 배낭
③ 바늘

깜짝 힌트

옷을 꿰맬 때
사용하는 도구로,
작고 뾰족한
물건이에요.

✦ 속담 풀이와 활용 ✦

속담 풀이

처음에는 작은 바늘을 훔치던 사람이 도둑질을 계속하다 보면 결국 커다란 소까지 훔치게 된다는 뜻이에요. 나쁜 행동을 반복하면 결국 큰 죄를 저지르게 되지요.

알아 두면 좋은 속담

바늘구멍으로 하늘 보기
전체를 보지 못하고 얕은 생각으로 일부만 보는 모습을 꼬집는 속담이에요.

이렇게 활용해요!

아무리 작은 습관이라도 나쁜 습관은 빨리 고치는 게 좋아요. '이 정도 습관은 괜찮겠지!'라는 생각이 들 때, '이러다 바늘 도둑이 소도둑 되는 거 아닐까?'라고 생각해 볼 수 있지요.

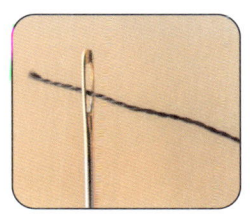

실과 바늘구멍

교훈 09

뱁새가 황새를 따라가면 ㄷ ㄹ 가 찢어진다

 빈칸의 초성에 알맞은 단어를 아래 그림자를 보고 맞혀 보세요.

깜짝 힌트

몸통 아래에 붙어 있는 신체 부위로, 몸을 지탱하고 움직일 때 사용해요.

✦ 속담 풀이와 활용 ✦

속담 풀이

뱁새의 몸길이는 약 13센티미터이고, 황새는 110센티미터가 넘어요. 이처럼 작은 뱁새가 황새를 따라가려면 무척 힘들겠지요? 힘에 겨운 일을 억지로 하면 해를 입을 수 있다는 뜻이에요.

비슷한 속담

① 촉새가 황새를 따라가다 가랑이 찢어진다
② 걷기도 전에 뛰려고 한다

이렇게 활용해요!

자전거를 한 번도 타 보지 않은 동생이 고집을 부려 형을 따라 두발자전거를 타다 다쳤어요. 그때 "뱁새가 황새를 따라가다 다리가 찢어졌군."이라고 말할 수 있어요.

황새

교훈 10

ㅂ ㄸ ㅁ 의
소금도 집어넣어야 짜다

✓ 교훈

빈칸의 초성에 알맞은 단어를 아래 보기에서 찾아 연결해 보세요.

팡	베	먹
리	아	봄
부	뚜	막

깜짝힌트

방이나 솥 따위에 불을 때려고 만든 구멍인 아궁이 위에, 흙과 돌을 쌓아서 솥을 둘 수 있어요.

✦ 속담 풀이와 활용 ✦

아주 가까이 있는 소금도 음식에 넣지 않으면 짠맛이 나지 않아요. **아무리 쉬운 일도 행동하지 않으면 이루어지지 않는다는** 뜻이에요.

속담 풀이

알아 두면 좋은 속담

소금이 쉴 때까지 해 보자
오래 걸리더라도 어떤 일을 끝까지 노력해서 해 보겠다는 뜻이에요.

좋은 물건도 활용하지 않으면 아무 소용이 없지요. 이럴 때도 '부뚜막의 소금도 집어넣어야 짜다'라고 말해요.

부뚜막과 가마솥

이렇게 활용 해요!

세 살 적 ㅂ ㄹ 이
여든까지 간다

 빈칸의 초성에 알맞은 단어를 아래 보기 중에서 골라 보세요.

① 버릇
② 바람
③ 보라

깜짝힌트

오랫동안 계속 반복해서
몸에 익숙해진
행동을 뜻해요.

✦ 속담 풀이와 활용 ✦

속담 풀이

어릴 때 생긴 버릇은 나이가 들어서도 고치기 힘들다는 뜻이에요. 그러니 어릴 때부터 좋은 습관을 만드는 것이 중요하지요.

비슷한 속담

① 제 버릇 개 줄까
② 한번 검으면 흴 줄 모른다

이렇게 활용해요!

음식을 먹을 때 쩝쩝거리는 버릇이 있다면 빨리 고치는 게 좋아요. 세 살 적 버릇은 여든까지 가기 때문에 지금 고치지 않으면 나이가 들어서도 똑같이 행동하기 때문이에요.

올바른 식습관

요음 버릇

교훈 12

ㅎ ㄹ ㅇ 에게
물려 가도 정신만
차리면 산다

 교훈

빈칸의 초성에 알맞은 단어를 아래 그림자를 보고 맞혀 보세요.

깜짝 힌트

네발로 걷는 육식 동물로,
크고 강한 턱과
긴 송곳니가 있고 몸에
줄무늬가 있어요.

✦ 속담 풀이와 활용 ✦

속담
풀이

호랑이에게 물려 갈 만큼
위험한 상황이더라도
정신만 똑똑히 차리면
위기를 벗어날 수
있다는 뜻이에요.

알아 두면
좋은 속담

호랑이 굴에 가야 호랑이 새끼를 잡는다
목표를 이루려면 그에 맞게 노력해야
한다는 말이에요.

이렇게
활용
해요!

위급한 상황에 처한 친구에게
"호랑이에게 물려 가도
정신만 차리면 산다고 하잖아.
해결 방법이 있을 테니까
힘내!"라고 말할 수 있어요.

새끼 호랑이

교훈 13

ㅈ ㄱ ㅁ 에도 볕 들 날 있다

 빈칸의 초성에 알맞은 단어를 아래 보기에서 찾아 연결해 보세요.

마	쥐	물
개	구	잠
잘	멍	기

깜짝 힌트
쥐가 드나들기 위해
뚫어 둔
작은 구멍이에요.

✦ 속담 풀이와 활용 ✦

속담 풀이

쥐만 드나들 수 있을 만큼 작은 구멍에도 햇빛이 들어요. 이처럼 힘들게 고생하는 삶에도 좋은 날이 찾아오니, 희망을 잃지 말라는 뜻이에요.

비슷한 속담

❶ *응달에도 햇빛 드는 날이 있다
❷ 개똥밭에 이슬 내릴 때가 있다

*응달: 볕이 잘 들지 않는 그늘진 곳.

이렇게 활용해요!

전래 동화 〈콩쥐팥쥐〉, 〈흥부와 놀부〉 이야기는 '쥐구멍에도 볕 들 날 있다'라는 속담과 잘 어울리는 이야기예요.

쥐구멍

낮말은 새가

○ㅁ 안 개구리

 빈칸의 초성에 알맞은 단어를 아래 보기 중에서 골라 보세요.

① 이마
② 우물
③ 양말

깜짝힌트

옛날에는 땅 아래에 있는 깨끗한 물을 사용하기 위해 땅을 깊게 파서 이것을 만들었어요.

✦ 속담 풀이와 활용 ✦

속담 풀이

우물 밖으로 나가 보지 못한 개구리는 우물 안이 세상의 전부라고 생각할 거예요. 이처럼 보고 들은 것이 적어서 세상일을 잘 모르는 사람을 이렇게 불러요.

알아 두면 좋은 속담

개구리 낯짝에 물 붓기
어떤 자극을 주어도 먹히지 않고 *태연함을 이르는 말이에요.

★ **태연하다**: 머뭇거리거나 두려워할 상황에서 태도나 기색이 아무렇지 않음.

이렇게 활용해요!

스스로 다른 나라에 대한 지식을 많이 알고 있다고 생각했지만, 정작 해외 여행을 가 본 후 더 많은 것들을 알게 되었을 때 '아~, 내가 우물 안 개구리였구나!'라고 생각할 수 있어요.

우물

교훈 15

ㅅ 잃고
*외양간 고친다

빈칸의 초성에 알맞은 단어를 아래 그림자를 보고 맞혀 보세요.

깜짝힌트

'음머~' 하고 우는 동물로, 옛날에는 주로 농사일을 도왔어요.

★ **외양간**: 말과 소를 기르는 곳.

✦ 속담 풀이와 활용 ✦

속담 풀이

소를 도둑맞은 후 뒤늦게 빈 외양간을 고쳐 봤자 소는 돌아오지 않아요. ==일이 잘못된 뒤에는 손을 써도 소용이 없으니 미리 준비해야== 한다는 뜻이에요.

알아 두면 좋은 속담

넘어지기 전에 지팡이 짚다
실패하거나 화를 입기 전에 미리 준비한다는 말이에요.

이렇게 활용해요!

양치질을 미루다가 결국 어금니에 충치가 생겼어요. 치과에 가서 아픈 치료를 받고 나서야 양치를 미룬 걸 후회했지요. 이럴 때 "소 잃고 외양간 고치지 말고 평소에 열심히 양치질할걸!" 하고 말해요.

소를 기르는 외양간

교훈 16

ㅇ ㅅ ㅇ 도
나무에서 떨어진다

빈칸의 초성에 알맞은 단어를 아래 보기에서 찾아 연결해 보세요.

원	시	인
수	숭	애
솜	오	이

깜짝힌트

꼬리가 긴 동물로, 주로 갈색 몸에 빨간색 엉덩이를 가지고 있어요.

✦ 속담 풀이와 활용 ✦

속담 풀이

나무를 잘 타는 원숭이도 가끔 나무에서 떨어질 때가 있어요. 이처럼 아무리 익숙하고 잘하는 일도 실수할 수 있지요.

비슷한 속담

❶ 나무 잘 타는 잔나비 나무에서 떨어진다
❷ 닭도 *홰에서 떨어지는 날이 있다

*홰: 닭장 속에 닭이 올라앉게 놓은 나무 막대.

이렇게 활용해요!

항상 시험을 잘 보던 친구가 실수로 시험을 못 봤을 때 "원숭이도 나무에서 떨어질 때가 있잖아, 힘내!"라고 위로해 줘요.

원숭이

교훈 17

윗 ♡ㅁ♡ 이 맑아야
아랫 ♡ㅁ♡ 이 맑다

빈칸의 초성에 알맞은 단어를 아래 보기 중에서 골라 보세요.

① 물
② 말
③ 밀

깜짝힌트

바다, 강 등을 이루는 물질로, 깨끗하게 만들어서 사람이 마시기도 해요.

✦ 속담 풀이와 활용 ✦

속담 풀이

물은 위에서 아래로 흐르기 때문에 윗물이 맑아야 아랫물도 맑아요. 윗사람이 바르게 행동하면 아랫사람도 윗사람을 본받아 바르게 행동한다는 뜻이에요.

알아 두면 좋은 속담

한번 엎지른 물은 다시 주워 담지 못한다

한번 저지른 잘못은 다시 고치기 어렵다는 말이에요.

이렇게 활용해요!

언니가 청소하는 모습을 보고 동생도 따라서 청소할 때 "역시 윗물이 맑으니 아랫물도 맑구나." 라고 말해요.

맑은 계곡

윗물 롬

한눈에 보는 교훈 속담

교훈이 가득한 속담을 알아봐요.

1. 꿀은 달아도 벌은 쏜다

달콤한 꿀을 얻으려면 벌에게 쏘이지 않기 위해 조심해야 해요. 이처럼 좋은 것을 얻으려면 그만한 어려움이 따라요.

2. 겨울이 지나지 않고 봄이 오랴

겨울이 지나지 않고 봄이 올 수 없듯이 세상일에는 다 일정한 순서가 있지요. 그러니 급하다고 해도 억지로 할 수는 없어요.

3. 꼬리가 길면 밟힌다

아무도 몰래 나쁜 일을 해도 여러 번 반복이 되면 결국 들킨다는 말이에요. 나쁜 일을 하면 반드시 들키게 되어 있으니 처음부터 하지 않는 것이 좋아요.

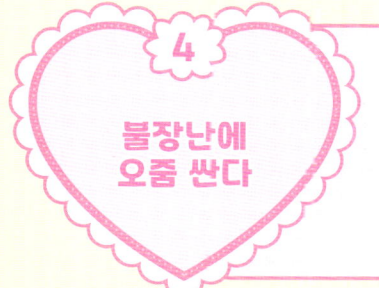

4. 불장난에 오줌 싼다

불장난하다가 크게 불이 번지거나,
다치면 큰일이 나겠지요?
그만큼 불은 아주 위험하니
불장난하지 말라는 뜻이에요.

5. 우물을 파도 한 우물을 파라

일을 많이 벌여 놓거나 하던 일을
자주 바꾸면 성과를 얻기 힘들어요.
한 가지 일을 끝까지 해야
성공할 수 있다는 말이지요.

사다리 타기 놀이터

사다리를 타고 그림자에 맞는 캐릭터를 찾아보세요.

3장 궁금궁금 지혜 속담

아는 길도 물어 가랬다

싼 것이 비지떡

✦ 지혜 01 ✦

가지 많은 나무에 ㅂ ㄹ 잘 날이 없다

지혜

빈칸의 초성에 알맞은 단어를 아래 그림자를 보고 맞혀 보세요.

깜짝힌트

'후후' 불면 사람들이 시원함을 느껴요.
선풍기나 에어컨에서도 나오지요.

✦ 속담 풀이와 활용 ✦

속담 풀이

가지와 잎이 많은 나무는 바람에 쉽게 흔들려서 조용할 날이 없어요. **자식이 많은 부모님은 자식에 대한 걱정이 하루도 끊이지 않는다는 뜻이에요.**

알아 두면 좋은 속담

나무 될 것은 떡잎 때부터 알아본다
잘될 사람은 어려서부터 남다른 재능을 보인다는 말이에요.

이렇게 활용해요!

'바람 잘 날'은 '바람이 소란하지 않고 조용한 날'로 이때 '잘'은 바람이나 물결이 잠잠해진다는 뜻이에요.

바람에 흔들리는 나무

정답: 바람

지혜 02

ㄷ ㄷ ㄹ도
두들겨 보고 건너라

빈칸의 초성에 알맞은 단어를 아래 보기에서 찾아 연결해 보세요.

란	대	려
로	래	두
돌	다	리

깜짝힌트

돌로 만든 다리예요.
주로 강이나 냇물을
건너기 위해 만들어요.

✦ 속담 풀이와 활용 ✦

속담 풀이

튼튼해 보이는 돌다리도 갑자기 무너질 수 있으니, 두들겨 보며 조심히 건너라는 말이에요. 이처럼 잘 아는 일이더라도 꼼꼼하게 살피고 시작하라는 뜻이에요.

비슷한 속담

❶ 아는 길도 물어 가랬다
❷ 얕은 내도 깊게 건너라

이렇게 활용해요!

학교에서 시험 보는 날, 친구들보다 문제를 빨리 풀어서 좋아했어요. 하지만 실수로 틀린 문제가 있는 것을 발견하고 '앞으로는 돌다리도 두들겨 보고 건너야지!'라고 다짐했지요.

돌다리

정답 쿨다리

지혜 03

똥 묻은 개가 ㄱ 묻은 개 나무란다

지혜

 빈칸의 초성에 알맞은 단어를 아래 보기 중에서 골라 보세요.

① 공
② 겨
③ 감

깜짝힌트

벼, 보리와 같은 곡식에서 벗겨 낸 껍질을 말해요.

✦ 속담 풀이와 활용 ✦

속담 풀이

더러운 똥이 묻은 개가 겨 묻은 개를 흉보는 건 이상하겠지요? 이처럼 자기의 큰 단점은 보지 못하고 남의 작은 단점을 지적할 때 쓰여요.

비슷한 속담

❶ 가랑잎이 솔잎더러 바스락거린다고 한다
❷ 숯이 검정 나무란다

이렇게 활용해요!

'겨 묻은 개가 똥 묻은 개를 나무란다'라는 속담도 있어요. 자신도 단점이 있으면서 다른 사람의 큰 단점을 흉보는 모습을 지적할 떠 사용해요.

겨

✦ 지혜 04 ✦

꿩 먹고 ㅇ 먹는다

 지혜

빈칸의 초성에 알맞은 단어를 아래 그림자를 보고 맞혀 보세요.

깜짝힌트
주로 새나 파충류의 암컷이 낳는 것으로, 모양이 둥글어요.

✦ 속담 풀이와 활용 ✦

속담 풀이

꿩의 둥지 앞에서 기다리면
꿩과 꿩이 낳은 알까지 얻을 수 있어요.
한 가지 일을 하여
두 가지 이상의
이익을 얻는다는
뜻이에요.

비슷한 속담

❶ 굿 보고 떡 먹기
❷ 꿩 먹고 알 먹고 둥지 털어 불 땐다

이렇게 활용해요!

꿩은 *모성애가 강해서 알을 품고 있을 때는 사람이 다가와도 도망가지 않는다고 해요.
이런 꿩의 특성 때문에 '꿩 먹고 알 먹는다'라는 속담이 생겼어요.

꿩

＊**모성애**: 자식을 향한 어머니의 본능적인 사랑.

용도 답정

지혜 05

ㅊ ㅁ 도
위아래가 있다

지혜

빈칸의 초성에 알맞은 단어를 아래 보기에서 찾아 연결해 보세요.

찬	촌	추
채	물	무
면	청	만

깜짝힌트
우리가 마시는 물 중에서 차가운 물을 뜻해요.

✦ 속담 풀이와 활용 ✦

속담 풀이

무엇이든 순서가 있으니, 차례에 따라 행동해야 한다는 뜻이에요. 찬물 한 잔을 마시더라도 어른부터 대접해야 한다는 말이지요.

알아 두면 좋은 속담

찬물에 기름 돌듯
섞이지 않는 기름과 물처럼 서로 어울리지 못하고 따로 행동하는 경우를 말해요.

이렇게 활용해요!

어른과 식사를 할 때는 어른이 먼저 수저를 든 후 식사를 시작하는 것이 올바른 식사 예절이에요. 이럴 때 '찬물도 위아래가 있다'라고 하지요.

찬쿨

속담 활용

✦ 지혜 06 ✦

뛰는 놈 ♡에 나는 놈 있다

 빈칸의 초성에 알맞은 단어를 아래 보기 중에서 골라 보세요.

지혜

① 영
② 위
③ 양

깜짝 힌트
사물의 중간보다 더 높은 부분을 말해요. 반대말로는 '아래'가 있어요.

✦ 속담 풀이와 활용 ✦

무언가를 뛰어나게 잘하는 사람도 겸손함을 갖춰야겠지요? 아무리 재주가 뛰어나도 그보다 더 뛰어난 사람이 있으니, 잘난 척하는 것을 조심하라는 뜻이에요.

속담 풀이

비슷한 속담

❶ 기는 놈 위에 나는 놈이 있다
❷ 나는 놈 위에 타는 놈 있다

지렁이보다 호랑이가 빠르고, 호랑이보다 하늘을 나는 독수리가 더 빨라요. 이렇듯 언제나 '뛰는 놈 위에 나는 놈'이 있을 수 있으니 자만하면 안 되지요.

하늘을 나는 독수리

이렇게 활용해요!

지혜 07

ㄷ ㅈ
밑이 어둡다

지혜

빈칸의 초성에 알맞은 단어를 아래 그림자를 보고 맞혀 보세요.

깜짝 힌트

기름을 담아서 등불을 켤 수 있도록 만든 작은 그릇이에요.

✦ 속담 풀이와 활용 ✦

속담 풀이

주위를 환하게 밝혀 주는 등잔의 바로 밑은 오히려 어둡게 보여요. 이처럼 무언가와 가까이 지내는 사람이 오히려 그 무언가에 대해 잘 모를 수 있다는 뜻이에요.

알아 두면 좋은 속담

등잔불에 콩 볶아 먹을 놈
어리석어서 하는 일마다 답답한 사람을 지적하는 말이에요.

이렇게 활용해요!

연필을 잃어버려 한참 동안 찾고 있는데, 바로 내 발밑에 떨어져 있는 걸 발견했어요. 이럴 때 "등잔 밑이 어둡다더니!" 하고 말해요.

등잔

정답 을숲

지혜 08

될성부른 나무는
ㄸ ㅇ 부터 알아본다

지혜

빈칸의 초성에 알맞은 단어를 아래 보기에서 찾아 연결해 보세요.

떤	다	떡
입	도	잎
똥	애	임

깜짝힌트

씨앗에서 가장 처음 나오는 잎으로, 식물마다 개수가 달라요.

✦ 속담 풀이와 활용 ✦

속담 풀이

영양분이 충분히 들어 있는 떡잎은 무럭무럭 자라 큰 나무가 될 거예요. 이렇듯 **크게 성공할 사람은 어릴 때부터** *낌새가 보인다는 말이에요.

비슷한 속담

❶ 나무 될 것은 떡잎 때부터 알아본다
❷ 잘 자랄 나무는 떡잎부터 안다

✱ **낌새**: 어떤 일을 알아차릴 수 있는 눈치.

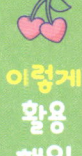
이렇게 활용해요!

'**될성부르다**'는 잘될 가능성이 있어 보인다는 뜻이에요. 될성부른 떡잎은 자라서 거대한 나무가 되고, 될성부른 사람은 자라서 훌륭한 사람이 되지요.

떡잎

지혜 09

백 ㅂ 듣는 것이 한 ㅂ 보는 것만 못하다

빈칸의 초성에 알맞은 단어를 아래 보기 중에서 골라 보세요.

① 번
② 봄
③ 방

깜짝힌트
일의 차례나 횟수를 셀 때 사용하는 단위예요.

✦ 속담 풀이와 활용 ✦

속담 풀이

여러 번 반복해서 설명을 듣기만 하는 것보다 직접 한 번 보는 것이 이해하는 데 더 도움이 된다는 뜻이에요.

비슷한 속담

❶ 백문이 불여일견
❷ 듣는 것이 보는 것만 못하다

이렇게 활용해요!

동생에게 매미의 생김새를 여러 번 설명해 주어도 잘 이해하지 못했어요. 그런 동생이 시골에 가서 매미를 직접 보고는 매미가 어떻게 생겼는지 확실히 알게 됐어요. 그럴 때 "역시 백 번 듣는 것이 한 번 보는 것만 못하구나!" 하고 말해요. 이렇듯 듣기만 하는 것보다 직접 보거나 경험해야 더 확실히 알 수 있지요.

✦ 지혜 10 ✦

아니 땐 ㄱ ㄸ 에 연기 날까

빈칸의 초성에 알맞은 단어를 아래 그림자를 보고 맞혀 보세요.

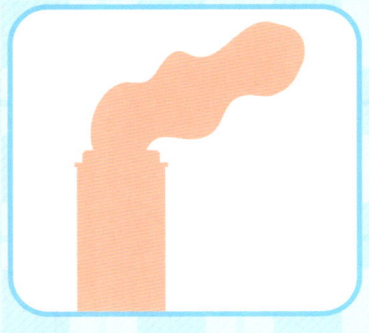

깜짝 힌트

불을 땔 때, 연기가 밖으로 빠져나갈 수 있도록 뚫어 둔 구멍이에요.

✦ 속담 풀이와 활용 ✦

속담 풀이

불을 피우지도 않았는데 굴뚝에서 연기가 날 수는 없어요. 이처럼 원인이 없으면 결과가 있을 수 없음을 뜻하는 말이에요.

비슷한 속담

① 아니 때린 장구 북소리 날까
② 뿌리 없는 나무에 잎이 필까

이렇게 활용해요!

'때다'는 아궁이에 장작을 넣고 불을 지피는 행동을 말해요. 옛날에는 아궁이에 불을 때서 방바닥을 따뜻하게 만들었어요.

굴뚝이 있는 집

높론 용임

✦ 지혜 11 ✦

마른하늘에
ㄴ ㅂ ㄹ

빈칸의 초성에 알맞은 단어를 아래 보기에서 찾아 연결해 보세요.

부	날	노
리	벼	라
는	락	박

깜짝힌트

하늘에서 치는 번개 중에서도 예상치 못하게 갑자기 치는 것을 말해요.

지혜

✦ 속담 풀이와 활용 ✦

속담 풀이

비도 오지 않는 맑은 하늘에서 갑자기 천둥이 친다면 많이 놀라겠지요? 이처럼 뜻하지 않은 상황에서 갑작스럽게 어려움을 겪게 되었을 때 사용해요.

비슷한 속담

❶ 마른하늘에 벼락 맞는다
❷ 마른날에 벼락 맞는다

이렇게 활용해요!

선생님이 갑자기 "얘들아~, 오늘 시험 볼 거야."라고 하셔서 깜짝 놀랐을 때 "앗, 마른하늘에 날벼락이야!"라고 말할 수 있어요.

벼락

정답 날벼락

지혜 12

싼 것이

ㅂ ㅈ ㄸ

빈칸의 초성에 알맞은 단어를 아래 보기에서 찾아 연결해 보세요.

비	반	가
동	지	물
루	죽	떡

깜짝 힌트

비지에 쌀가루나 밀가루를 넣고 반죽하여 부친 떡이에요.

✦ 속담 풀이와 활용 ✦

속담 풀이

'비지'는 두부를 만들고 남은 찌꺼기이고, '비지떡'은 두부의 찌꺼기로 만든 값싼 떡이지요. 값이 싼 물건은 품질도 그만큼 나쁘다는 말이에요.

알아 두면 좋은 속담

보기 좋은 떡이 먹기도 좋다
내용이 알차고 좋으면 겉모양도 보기 좋다는 뜻이에요.

이렇게 활용해요!

값이 싸다고 무조건 좋은 물건은 아니겠지요? 값이 싸면 품질이 좋지 않을 수 있으니 잘 살펴보고 구매하라는 지혜가 담겨 있어요.

비지

지혜 13

작은 ㄱ ㅊ 가
더 맵다

지혜

빈칸의 초성에 알맞은 단어를 아래 그림자를 보고 맞혀 보세요.

깜짝 힌트

길쭉하고 매운 채소 중 하나로, 주로 빨간색이나 초록색이에요.

✦ 속담 풀이와 활용 ✦

고추는 크기가 작을수록 더 매워요. 이처럼 몸집이 작은 사람이 큰 사람보다 재주가 더 뛰어나고 야무질 때 이렇게 말해요.

속담 풀이

비슷한 속담

① 고추는 작아도 맵다
② 고추보다 후추가 더 맵다

몸집이 작아 약해 보이는 친구가 축구 시합에서 우리 팀을 승리로 이끌었어요. 그때 모두가 "작은 고추가 더 맵네!" 라고 말했지요.

고추

이렇게 활용해요!

정답 고추

지혜 14

ㅂ ㅈ ㅈ 도
맞들면 낫다

지혜

빈칸의 초성에 알맞은 단어를 아래 보기에서 찾아 연결해 보세요.

백	호	가
담	지	버
정	분	장

깜짝힌트
하얀색 종이
한 장을 뜻해요.

✦ 속담 풀이와 활용 ✦

속담 풀이

가벼운 종이도 함께 들면 훨씬 가볍고 들기도 쉽다는 뜻이에요. 아무리 쉬운 일이라도 힘을 모으면 해결하기 훨씬 쉽다는 말이지요.

비슷한 속담

❶ 백지 한 장도 맞들면 낫다
❷ 종잇장도 맞들면 낫다

이렇게 활용해요!

혼자 책장을 정리하고 있을 때 동생이 와서 도와주면 도움이 될 거예요. 이럴 때 '백지장도 맞들면 낫다'라고 하지요.

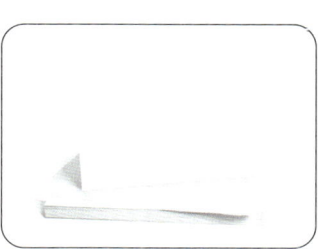

흰 종이

웃는 ㄴ♡에 침 뱉으랴

빈칸의 초성에 알맞은 단어를 아래 보기 중에서 골라 보세요.

① 낯
② 남
③ 낮

깜짝힌트

눈, 코, 입이 있는 얼굴을 다르게 부르는 말이에요.

✦ 속담 풀이와 활용 ✦

속담 풀이

웃는 얼굴로 대하는 사람에게는 침을 뱉을 수 없다는 뜻으로, <mark>좋게 대하는 사람에게 나쁘게 대할 수 없다는</mark> 말이에요.

비슷한 속담

❶ 웃는 집에 복이 있다
❷ 웃는 낯에 침 못 뱉는다

이렇게 활용해요!

할머니가 아끼시는 화분을 깨뜨렸다고요? 그럴 땐 웃으며 죄송하다고 말씀드려요. 그러면 할머니께서 "웃는 낯에 침 못 뱉지. 앞으로 조심하렴." 하고 웃으며 말씀하실 거예요.

웃고 있는 사람들

지혜 16

하늘의 ㅂ 따기

빈칸의 초성에 알맞은 단어를 아래 그림자를 보고 맞혀 보세요.

지혜

깜짝힌트

반짝반짝 스스로
빛을 내는 이것은,
어두운 하늘에서도
환하게 잘 보이지요.

✦ 속담 풀이와 활용 ✦

속담 풀이

하늘에 있는 별을 따는 것은 매우 어려운 일이에요. 이처럼 무엇을 얻거나 성공하기 힘든 상황을 말해요.

알아 두면 좋은 속담

하늘을 보아야 별을 따지
어떤 일을 성공하기 위해서는 그에 맞는 노력과 준비를 해야 한다는 말이에요.

이렇게 활용해요!

세계에서 가장 유명한 식당을 예약하는 일은 '하늘의 별 따기' 만큼 어려운 일이에요.

별

✦ 지혜 17 ✦

아는 ㄱ 도 물어 가랬다

빈칸의 초성에 알맞은 단어를 아래 보기 중에서 골라 보세요.

① 글
② 갓
③ 길

깜짝 힌트

사람이나 동물, 자동차 등이 갈 수 있도록 만들어 둔 공간을 말해요.

✦ 속담 풀이와 활용 ✦

속담 풀이

익숙한 길이라도 한 번 더 확인하면 길을 잃을 위험이 없어요. **잘 아는 일이라도 세심하게 주의해야 한다는** 뜻이지요.

알아 두면 좋은 속담

사람이 많으면 길이 열린다
지혜와 힘을 합치면 그 어떤 큰일도 해결할 방법을 찾게 된다는 말이에요.

이렇게 활용해요!

반대 속담으로 '길을 알면 앞서 가라' 라는 속담이 있어요. 어떤 일에 자신이 있다면 망설이지 말고 행동하라는 말이에요.

차가 다니는 도로

한눈에 보는 지혜 속담

지혜가 가득한 속담을 알아봐요.

1. 가는 토끼 잡으려다 잡은 토끼 놓친다

새로운 토끼를 잡겠다고 욕심을 부리다 잡아 두었던 토끼를 놓친다는 뜻이에요. 욕심을 부리면 이미 얻은 것도 놓칠 수 있으니 조심해야 해요.

2. 까마귀가 검어도 살은 희다

겉모습만 보고 사람의 모든 부분을 다 알 수 없어요. 사람을 겉모습으로만 평가하지 말라는 뜻이에요.

3. 산에 들어가 호랑이를 피하랴

호랑이가 사는 산에서는 호랑이를 피해 가기 힘들겠지요? 이처럼 피할 수 없는 일을 피하려고 무리하게 행동하는 것을 말해요.

4 겨울바람이 봄바람보고 춥다 한다

봄바람보다 더 차가운 겨울바람이 자신은 돌아보지 못하고, 봄바람이 춥다고 흉을 본다는 말이에요.
자기의 허물은 생각하지 않고 남의 허물만 나무란다는 뜻이지요.

5 남의 말 하기는 식은 죽 먹기

남의 잘못을 말하는 것은 쉬운 일이라는 뜻이에요.
친구의 잘못을 쉽게 말하고 다니면 친구와 사이가 멀어질 수 있어요.
반대로 칭찬을 계속해 준다면 더 깊은 우정을 쌓을 수 있지요.

속담 완성 놀이터

단어를 연결해서 속담을 완성해 보세요.

4장
영차영차 노력 속담

시작이 반이다

티끌 모아 태산

노력 01

ㄱ ㅅ 끝에
낙이 온다

  빈칸의 초성에 알맞은 단어를 아래 보기 중에서 골라 보세요.

① 고생
② 감사
③ 공사

깜짝 힌트

굉장히 어렵고
힘든 일을 겪는 것을
말해요.

✦ 속담 풀이와 활용 ✦

속담 풀이

어렵고 힘든 일을 겪은 뒤에는 반드시 즐겁고 행복한 일이 생긴다는 뜻이에요.

비슷한 속담

❶ *태산을 넘으면 평지를 본다
❷ 죽은 나무 밑에 살 나무 난다

* 태산: 높고 큰 산.

이렇게 활용해요!

'낙'이란 삶에서 느끼는 즐거움이나 재미를 뜻해요. 힘든 일이 생겨도 중간에 포기하지 않고 노력하면 반드시 좋은 결과가 있을 거예요.

열심히 공부하는 모습

노력 02

공든 E이 무너지랴

노력

빈칸의 초성에 알맞은 단어를 아래 그림자를 보고 맞혀 보세요.

깜짝힌트

높고 뾰족하게 세운 건축물이에요.
프랑스의 에펠 탑,
한국의 석가탑이
유명해요.

✦ 속담 풀이와 활용 ✦

속담 풀이

정성과 노력을 많이 들여 쌓은 탑은 쉽게 무너지지 않아요. 이렇듯 <mark>최선을 다한 일은 반드시 좋은 결과를 얻을 수 있어요.</mark>

비슷한 속담

① 지성이면 *감천
② 정성이 지극하면 돌 위에 풀이 난다

* **감천**: 정성이 지극하여 하늘이 감동함.

어떻게 활용해요!

반대되는 뜻의 속담으로 '공든 탑도 *개미구멍으로 무너진다'라는 속담이 있어요. 작은 실수로 큰일을 망칠 수 있으니 조심하라는 뜻이지요.

석가탑

* **개미구멍**: 개미가 파 놓은 구멍.

답 응용

노력 03

구르는 돌은 ㅇ ㄲ가 안 낀다

노력

빈칸의 초성에 알맞은 단어를 아래 보기에서 찾아 연결해 보세요.

고	깜	임
이	끼	우
가	애	꼬

깜짝힌트
나무나 바위 밑처럼 습한 곳에서 자라는 식물이에요. 뿌리, 줄기, 잎의 구분이 뚜렷하지 않아요.

✦ 속담 풀이와 활용 ✦

속담 풀이

강 주변에 가만히 있는 돌에는 이끼가 껴요. 반대로 이리저리 굴러다니는 돌에는 이끼가 끼지 않지요. 이처럼 **부지런히 노력하는 사람은 계속 발전한다**는 뜻이에요.

알아 두면 좋은 속담

고인 물에 이끼가 낀다
물이 고이면 썩듯이, 노력하지 않는 사람은 남보다 뒤떨어지게 돼요.

이렇게 활용해요!

노래를 못했지만, 꾸준히 연습해서 마침내 노래를 잘하게 되었어요.
이때 '역시 구르는 돌에는 이끼가 끼지 않는구나!' 라며 열심히 노력한 스스로를 칭찬해 줘요.

돌에 이끼가 낀 모습

노력 04

길고 ㅉ ㅇ 것은
대어 보아야 안다

 빈칸의 초성에 알맞은 단어를 아래 보기 중에서 골라 보세요.

① 찍은
② 짧은
③ 찢은

깜짝힌트

길이를 얘기할 때 사용하는 단어로, '길다'의 반대말이에요.

✦ 속담 풀이와 활용 ✦

물건의 길이를 잴 때, 눈으로만 보면 정확하게 알 수 없어요.
무엇이 길고 짧은지, 그리고 누가 잘하고 못하는지는 실제로 대보거나 겨루어 보아야 알 수 있어요.

속담 풀이

알아 두면 좋은 속담

깊고 얕은 물은 건너 보아야 안다
겉으로는 물의 깊이를 알기 힘들어요.
물도 사람도 직접 겪어야 알 수 있지요.

<〈토끼와 거북이〉 이야기에서 토끼는 달리기 시합에서 자신이 이길 거라고 생각했어요.
하지만 달리기 시합에서 이긴 쪽은 거북이였지요.
이처럼 직접 겨루어 보아야 결과를 알 수 있을 때,
"길고 짧은 것은 대어 보아야 알지!"라고 말할 수 있어요.

이렇게 활용해요!

노력 05

달걀로
ㅂ ㅇ 치기

 빈칸의 초성에 알맞은 단어를 아래 그림자를 보고 맞혀 보세요.

깜짝힌트
작은 돌이 모여 단단하게 굳어진 커다란 돌을 뜻해요.

✦ 속담 풀이와 활용 ✦

속담 풀이

달걀로 단단한 바위를 치면 달걀이 쉽게 깨지겠지요? 이처럼 아무리 싸워 봐도 도저히 이길 수 없는 상황을 말해요.

비슷한 속담

❶ 바위에 달걀 부딪치기
❷ 바위에 머리 받기

이렇게 활용해요!

다리가 짧은 뱁새는 다리가 긴 황새보다 빠르게 걸을 수는 없어요. 그런데도 뱁새가 황새보다 빠르게 걸으려고 할 때, "뱁새가 황새를 이기려고 하는 것은 달걀로 바위 치기와 같다."라고 말할 수 있지요. 하지만 가끔은 이길 수 없어 보이는 상황에 도전하는 자신감 있는 모습도 필요하답니다.

용감 버헌

노력 06

ㄱ ㅅ 이
서 말이라도 꿰어야 보배

빈칸의 초성에 알맞은 단어를 아래 보기에서 찾아 연결해 보세요.

금	산	감
송	구	사
곱	슬	소

깜짝 힌트

보석이나 진주 따위를 둥글게 만든 물건이에요. 반지나 목걸이 같은 장신구로 쓰여요.

✦ 속담 풀이와 활용 ✦

속담 풀이

예쁜 구슬이 많아도 모아서 꿰지 않으면 쓸모가 없어요. **훌륭하고 좋은 것이라도 쓸모 있게 만들어야 가치가 있다는 뜻이지요.**

비슷한 속담

1. 진주가 열 그릇이나 꿰어야 구슬
2. 가마 속의 콩도 삶아야 먹는다

이렇게 활용해요!

열심히 공부하겠다며 연필과 공책을 많이 사 놓고 공부를 안 하는 동생에게 "구슬이 서 말이라도 꿰어야 보배인데, 연필과 공책만 사 놓고 공부를 안 하면 무슨 소용이야?"라고 말할 수 있어요.

구슬로 만든 장신구

노력 07

서당 개 삼 년에 ㅍ ㅇ 한다

 빈칸의 초성에 알맞은 단어를 아래 보기 중에서 골라 보세요.

① 팽이
② 풍월
③ 포옹

깜짝힌트
맑은 바람과 달을 뜻하는 한자어로, 여기서는 '흘려들은 얕은 지식'을 의미하지요.

✦ 속담 풀이와 활용 ✦

속담 풀이

*서당에 사는 개도 매일 글 읽는 소리를 들으면 글 읽는 소리를 낸다는 뜻이에요. 무슨 일이든 오래 하면 자연스럽게 지식이 쌓이게 되지요.

알아 두면 좋은 속담

들은 풍월 얻은 문자
배운 지식이 아닌, 우연히 들은 지식으로 문자를 쓰는 사람에게 하는 말이에요.

＊ 서당 옛날에 공부를 가르치던 곳.

이렇게 활용해요!

반대 속담으로는 '쇠귀에 경 읽기'가 있어요. 아무리 가르치고 알려 주어도 알아듣지 못하는 경우를 말해요.

서당

정답 옳롱

노력 08

밑 빠진 ㄷ에 물 붓기

빈칸의 초성에 알맞은 단어를 아래 그림자를 보고 맞혀 보세요.

깜짝 힌트

김치, 간장 등을 담가서 보관할 때 사용하는 커다란 항아리예요.

✦ 속담 풀이와 활용 ✦

구멍 난 독에는 끊임없이 물을 부어도 가득 채울 수 없어요. **열심히 노력하더라도 보람 없이 헛된 일이 되는** 상태를 말해요.

속담 풀이

독 안에서 푸념
남이 들을까 봐 몰래 푸념한다는 뜻으로, 마음이 좁은 사람을 뜻해요.

★ 푸념: 마음속에 품은 불평을 늘어놓음.

어떤 문제를 해결하기 위해서는 그 문제의 원인을 알아야 확실한 해결 방법을 찾을 수 있어요. 원인을 제대로 알지 못한 채 다른 방법만 쓴다면 '밑 빠진 독에 물 붓기'처럼 문제를 해결할 수 없지요.

독

이렇게 활용해요!

용은 품눈

노력 09

수박 ㄱ ㅎ ㄱ

 빈칸의 초성에 알맞은 단어를 아래 보기에서 찾아 연결해 보세요.

겉	해	가
곰	핥	함
경	호	기

깜짝힌트

속 내용은 제대로 파악하지 못하고, 겉만 슬쩍 보는 일을 뜻해요.

✦ 속담 풀이와 활용 ✦

속담 풀이

수박의 맛있는 부분을 먹지 않고, 겉의 껍질만 핥는다는 뜻이에요. ==사물이나 사건의 진짜 속 내용은 모르고 겉만 아는== 모습을 말해요.

비슷한 속담

❶ 꿀단지 겉 핥기
❷ 후추를 통째로 삼킨다

이렇게 활용해요!

여행을 가기 전에 여행 책을 대충 읽고 더났어요. 그런데 여행을 해 보니 책을 꼼꼼히 읽지 않아 어려움을 겪었지요. 이럴 때 "책을 '수박 겉 핥기' 식으로 읽었더니 아무 소용이 없구나"라고 말해요.

수박 핥는 강아지

정답: 수박 겉 핥기

노력 10

ㅅ ㅈ 이 반이다

빈칸의 초성에 알맞은 단어를 아래 보기 중에서 골라 보세요.

① 시작
② 사자
③ 서점

깜짝 힌트

어떤 일이나 행동의 가장 첫 번째 단계를 뜻해요. '끝'의 반대말이기도 하지요.

✦ 속담 풀이와 활용 ✦

속담 풀이

무슨 일이든 시작하는 게 어려울 뿐, 일단 시작하면 일을 끝마치기는 그리 어렵지 않다는 뜻이에요.

시작한 일은 끝을 보라
한번 시작한 일은 끝까지 해야 한다는 말이에요.

이렇게 활용해요!

높은 산을 오르는 건 힘든 일이지만, 한 발 한 발 걷다 보면 마침내 정상에 오를 수 있어요. 정상에 오르면 아름다운 풍경도 즐길 수 있지요.
높은 산에 오르는 것처럼 어렵고 힘든 일이라도 일단 시작을 하고 노력한다면 마침내 그 일을 해낼 수 있다는 말이에요.

시작 시늉

노력 11

열 번 찍어 아니
넘어가는 ㄴ ㅁ 없다

 빈칸의 초성에 알맞은 단어를 아래 그림자를 보고 맞혀 보세요.

노력

깜짝 힌트
굵은 줄기에 가지가
자라고 잎이 돋아요.
공기를 맑게 하고
여름에는 시원한 그늘도
만들어 주지요.

✦ 속담 풀이와 활용 ✦

나무를 한 번에 넘어뜨리기는 어렵지만, 도끼로 열 번 이상 찍으면 쓰러질 거예요. **아무리 마음이 굳은 사람도 계속 달래면 결국은 마음이 변하게 되지요.**

속담 풀이

알아 두면 좋은 속담

열 번 갈아서 안 드는 도끼가 없다
무슨 일이든 꾸준히 노력하면 좋은 결과가 있다는 말이에요.

반대 속담으로는 '오르지 못할 나무는 쳐다보지도 마라'가 있어요. 능력 밖의 불가능한 일도 있으니, 처음부터 욕심내지 않는 것이 좋다는 뜻이에요.

나무

이렇게 활용해요!

용맙 가히

노력 12

천 리 길도
한 ㄱ  ㅇ 부터

노력

빈칸의 초성에 알맞은 단어를 아래 보기에서 찾아 연결해 보세요.

효	암	하
해	고	걸
우	여	음

깜짝힌트

발을 사용해서 앞으로 걸어가는 동작을 뜻해요.

✦ 속담 풀이와 활용 ✦

속담 풀이

가까운 길이든 먼 길이든 한 걸음을 내디뎌야 시작이 돼요. 이처럼 무슨 일이든 시작하는 게 가장 중요하다는 뜻이지요.

알아 두면 좋은 속담

천 리 길도 십 리
보고 싶은 사람을 보러 가는 길은 멀어도 가깝게 느껴진다는 말이에요.

이렇게 활용해요!

'리'는 거리를 측정하는 단위로, 1리는 약 400미터를 의미해요. 1,000리는 서울에서 부산까지 가는 거리와 비슷하지요.

나무와 길

노력 13

ㅊ ㅅ 에
배부르랴

빈칸의 초성에 알맞은 단어를 아래 보기 중에서 골라 보세요.

① 추석
② 초성
③ 첫술

깜짝힌트

음식을 먹을 때
처음으로 드는
숟갈을 말해요.

✦ 속담 풀이와 활용 ✦

밥을 고작 한 숟가락 먹고 배부르기는 힘들어요. **어떤 일이든 처음부터 만족할 수는 없다는** 뜻이지요.

속담 풀이

알아 두면 좋은 속담

밥 아니 먹어도 배부르다
밥을 먹지 않아도 배부르게 느껴질 만큼 기쁜 일이 생긴 상황을 말해요.

무슨 일이든 처음부터 성과를 얻을 수는 없어요. **꾸준히 노력하고 도전해야 좋은 결과가 나타나지요.**

밥과 숟가락

이렇게 활용해요!

노력 14

ㅋ 심은 데 ㅋ 나고
팥 심은 데 팥 난다

 빈칸의 초성에 알맞은 단어를 아래 보기 중에서 골라 보세요.

① 코
② 콩
③ 키

깜짝 힌트
밥, 떡, 반찬으로 먹거나 기름을 짜서 사용할 수 있어요.

✦ 속담 풀이와 활용 ✦

속담 풀이

콩을 심은 곳에는 콩이, 팥을 심은 곳에는 팥이 자라요. 이처럼 **어떤 일이든 그에 걸맞은 결과가 나타난다는** 뜻이에요.

비슷한 속담

① 가시나무에 가시가 난다
② 배나무에 배 열리지 감 안 열린다

이렇게 활용해요!

운동을 열심히 하면 몸이 건강해지고, 거짓말을 하면 언젠가 벌을 받아요.
어떤 일이든 그에 맞는 결과가 나타난답니다.

다양한 콩

윷 답윤

노력 15

*티끌 모아

노력

 빈칸의 초성에 알맞은 단어를 아래 보기에서 찾아 연결해 보세요.

태	타	상
생	산	통
투	서	소

깜짝힌트

산 중에서도 높고 커다란 산을 뜻해요.

* **티끌**: 티와 먼지. 몹시 작거나 적음을 이르는 말.

✦ 속담 풀이와 활용 ✦

속담 풀이

티끌만큼 작은 것도 모으다 보면 커다란 산만큼 큰 덩어리가 된다는 뜻이에요.

비슷한 속담

① 먼지도 쌓이면 큰 산이 된다
② 모래알도 모으면 산이 된다

이렇게 활용해요!

오늘부터 저금통에 용돈을 모으기 시작했어요. 지금은 비록 적은 돈이지만 '티끌 모아 태산'이니까 언젠가는 큰돈이 될 거예요.

높은 산

한눈에 보는 노력 속담

노력이 가득한 속담을 알아봐요.

1. 솥 속의 콩도 쪄야 익지

솥에 들어가 있는 콩도 불을 때서 찌거나 끓여야 익는 법이지요. 좋은 조건을 가지고 있어도 노력하지 않으면 아무것도 이룰 수 없어요.

2. 사람과 그릇은 많을수록 좋다

사람의 노력이나 그릇은 많으면 많을수록 쓸모가 있다는 말이에요. 그러니 어떤 일이든 열심히 노력하면 쓸모가 생기기 마련이지요.

3. 좋은 농사꾼에게 나쁜 땅이 없다

열심히 농사를 짓는 사람은 농사짓기에 좋지 않은 땅을 만나도 탓하지 않고 정성껏 농사를 지어요. 이처럼 모든 일은 노력하기에 달렸어요.

4 나는 새도 움직여야 난다

재능이 뛰어난 사람도 노력하지 않으면 더 발전할 수 없겠지요?
꾸준히 노력해야 재능을 제대로 발휘할 수 있다는 말이에요.

5 거미도 줄을 쳐야 벌레를 잡는다

거미도 거미줄을 쳐야 벌레를 잡을 수 있어요.
무슨 일이든지 필요한 준비를 해야 결과를 얻을 수 있지요.

그림자 놀이터

산리오캐릭터즈의 그림자를 잘 보고 같은 포즈를 찾아 동그라미 하세요.

5장 와글와글 관계 속담

불난 집에 부채질한다

병 주고 약 준다

✦ 관계 01 ✦

가는 ♡ㅁ♡ 이 고와야
오는 ♡ㅁ♡ 이 곱다

관계

빈칸의 초성에 알맞은 단어를 아래 보기 중에서 골라 보세요.

① 물
② 매
③ 말

깜짝힌트

우리가 생각이나 느낌을 표현하고, 다른 사람과 대화할 때 사용하는 음성 기호예요.

✦ 속담 풀이와 활용 ✦

 속담 풀이

내가 먼저 다른 사람에게 말이나 행동을 좋게 해야 남도 나에게 좋게 대한다는 뜻이에요.

 비슷한 속담

❶ 가는 떡이 커야 오는 떡이 크다
❷ 가는 정이 있어야 오는 정이 있다

 이렇게 활용해요!

나에게 장난만 치는 동생과 다퉈서 엄마께 꾸중을 들었어요. 그때 엄마께서 말씀하셨어요.
"가는 말이 고와야 오는 말이 곱지. 동생에게 먼저 잘 대해 주면 동생도 너한테 장난치지 않을 거야."
그래서 앞으로는 내가 동생에게 먼저 잘해 주어야겠다고 생각했지요.

관계 02

가재는 ㄱ 편

관계

빈칸의 초성에 알맞은 단어를 아래 그림자를 보고 맞혀 보세요.

깜짝힌트
다리가 열 개 달린 동물이에요.
몸이 단단한 등딱지로 되어 있고, 옆으로 걸어요.

✦ 속담 풀이와 활용 ✦

속담 풀이

가재는 게와 생김새가 닮았어요.
생김새가 닮은 가재와 게처럼
비슷한 상황에 놓인
사람들끼리 편을 들거나
감싸 줄 때 사용해요.

비슷한 속담

❶ 가재는 게 편이요
초록은 한 빛이라
❷ 같은 깃(깃털)의 새는 같이
모인다

이렇게 활용해요!

다른 사람이 말썽꾸러기
동생을 혼내면
화가 나요. 이럴 때
"역시 가재는 게
편이구나."라고 말해요.

가재

정답: 게

관계 03

간에 붙었다 ㅆ ㄱ에 붙었다 한다

빈칸의 초성에 알맞은 단어를 아래 보기에서 찾아 연결해 보세요.

쌈	곰	삽
쑤	쓸	살
간	경	개

깜짝 힌트
몸속 기관 중 하나예요.
간에서 나오는 쓸개즙을
저장하고 음식물의
소화를 도와요.

✦ 속담 풀이와 활용 ✦

속담 풀이

자신에게 조금이라도 이익이 되는 게 있다면 이쪽 편에 붙었다가 저쪽 편에 붙었다가 한다는 뜻이에요.

비슷한 속담

❶ 쓸개에 가 붙고 간에 가 붙는다
❷ 간에 가 붙고 쓸개에 가 붙는다

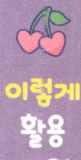

이렇게 활용해요!

간과 쓸개는 매우 가까이 있어요. 이렇게 가까운 거리만큼 작은 차이임에도 불구하고, 자신에게 조금이라도 더 이익이 되는 편에 서려고 왔다 갔다 하는 사람을 보았을 때 "저 사람은 간에 붙었다 쓸개에 붙었다 하는구나."라고 말해요.

정답 붙기 7개

관계 04

남의 잔치에 ㄱ 놓아라 배 놓아라 한다

빈칸의 초성에 알맞은 단어를 아래 보기 중에서 골라 보세요.

① 간
② 감
③ 강

깜짝 힌트

둥근 모양의 과일로, 익으면 달지만 익지 않으면 떫은맛이 나요. 말려서 곶감으로 만들어요.

✦ 속담 풀이와 활용 ✦

속담 풀이

잔치에 초대되어 온 손님이 주인이 하는 일에 계속 간섭한다면 주인의 기분이 상할지도 몰라요.
이처럼 남의 일에 계속 나서는 사람을 말해요.

알아 두면 좋은 속담

감나무 밑에 누워서 홍시 떨어지기를 기다린다
아무런 노력도 하지 않으면서 좋은 결과만을 바란다는 말이에요.

이렇게 활용해요!

친구가 하고 있는 일에 내가 나서서 계속 참견하면 친구의 기분이 상하겠지요?
남의 일에 심하게 참견하면 상대방이 불편해할 수 있으니 주의해야 해요.

감

관계 05

고래 싸움에 ㅅ ㅇ 등 터진다

관계

빈칸의 초성에 알맞은 단어를 아래 그림자를 보고 맞혀 보세요.

깜짝힌트

물속에 사는 동물로,
다리가 여러 개이고
몸이 굽은 것이
특징이에요.

✦ 속담 풀이와 활용 ✦

속담 풀이

고래처럼 크고 힘이 센 사람들이 싸우는 데 새우처럼 작고 약한 사람이 중간에 끼어서 괜한 피해를 보는 상황을 말해요.

알아 두면 좋은 속담

고래 그물에 새우가 걸린다
얻으려고 하는 것은 얻지 못하고 필요 없는 것만 얻게 된다는 뜻이에요.

이렇게 활용해요!

'새우 싸움에 고래 등 터진다'라는 속담도 있어요.
아랫사람의 실수로 윗사람에게 피해가 가는 경우를 말해요.

범고래

관계 06

미운 ○○ 떡 하나 더 준다

관계

빈칸의 초성에 알맞은 단어를 아래 보기에서 찾아 연결해 보세요.

우	유	애
아	이	어
여	오	임

깜짝힌트

나이가 어린 사람을 부르는 말이에요. '어른'의 반대말이지요.

✦ 속담 풀이와 활용 ✦

속담 풀이

미워하는 사람일수록 더 잘해 줘야 한다는 뜻이에요. 그렇게 하면 미워하면서 무거워진 마음이 사라질 수 있지요.

비슷한 속담

① 미운 사람에게는 쫓아가 인사한다
② 미운 아이 먼저 품어라

이렇게 활용해요!

평소 나와 사이가 좋지 않은 친구가 어려움에 빠졌을 때 '미운 아이 떡 하나 더 준다'는 마음으로 도와주었더니, 그 친구가 나에게 잘해 주었어요. 미울수록 더 친절하게 대한다면 자연스럽게 마음에 쌓인 미워했던 마음이 사라지기도 하지요.

관계 07

누워서 ㅊ 뱉기

빈칸의 초성에 알맞은 단어를 아래 보기 중에서 골라 보세요.

① 칠
② 차
③ 침

깜짝힌트

입속에 있는 액체예요. 우리가 먹은 음식을 부드럽게 하고 삼키기 쉽게 만들어 주지요.

✦ 속담 풀이와 활용 ✦

속담 풀이

누워서 침을 뱉으면 그대로 자신의 얼굴에 떨어지겠지요? 이처럼 남을 해치려고 하다가 오히려 자신이 해를 입게 되는 상황을 뜻해요.

비슷한 속담

❶ 내 얼굴에 침 뱉기
❷ 제 갗(가죽)에 침 뱉기

이렇게 활용해요!

생김새가 닮은 쌍둥이끼리 서로 못생겼다고 하는 건 누워서 침 뱉는 거나 다름없어요.

쌍둥이

✦ 관계 08 ✦

ㄱ ㅅ ㄷ ㅊ 도
제 새끼는 함함하다고 한다

 관계

빈칸의 초성에 알맞은 단어를 아래 그림자를 보고 맞혀 보세요.

깜짝힌트
등 전체에 가시가 있는 동물이에요. 위험이 느껴지면 몸을 웅크려서 자신을 보호해요.

✦ 속담 풀이와 활용 ✦

속담 풀이

부모의 눈에는 모든 자식이 다 잘나고 귀여워 보여요. 이처럼 자식의 **좋은 점만 보고 나쁜 점을 모르거나 감싸는** 것을 말해요.

알아 두면 좋은 속담

피는 물보다 진하다
가족 사이의 정은 남보다 더 깊다는 말이에요.

이렇게 활용해요!

'**함함하다**'는 '**털이 보드랍고 반지르르하다**'는 뜻이에요. 고슴도치의 가시는 뾰족해요. 하지만 고슴도치 어미는 새끼의 뾰족한 가시가 부드럽다고 한다는 뜻이지요.

고슴도치

정답 고슴도치

관계 09

불난 집에 ㅂ ㅊ ㅈ 한다

관계

빈칸의 초성에 알맞은 단어를 아래 보기에서 찾아 연결해 보세요.

부	차	진
철	채	배
자	봄	질

깜짝힌트

부채를 들고 흔들어서 바람을 일으키는 행동을 말해요.

✦ 속담 풀이와 활용 ✦

속담 풀이

불이 난 곳에 부채질을 하면 오히려 더 활활 타올라요. 화가 난 사람의 화를 돋우어 더 화나게 만드는 상황을 뜻하지요.

비슷한 속담

❶ 타는 불에 부채질한다
❷ 끓는 국에 국자 휘젓는다

이렇게 활용해요!

시험에서 예상보다 낮은 점수를 받은 친구가 속상해하고 있는데 옆에서 놀리는 친구가 있다면 "불난 집에 부채질하지 마."라고 말해요.

부채

✦ 관계 10 ✦

바늘 가는 데 ㅅ 간다

빈칸의 초성에 알맞은 단어를 아래 보기 중에서 골라 보세요.

① 실
② 솜
③ 산

깜짝 힌트

솜, 털 등을 가늘고 길게 뽑아 만든 것을 말해요. 주로 바느질할 때 사용해요.

✦ 속담 풀이와 활용 ✦

속담 풀이

옷을 꿰매려면 바늘과 실이 모두 필요해요. 바늘과 실처럼 항상 함께 다닐 만큼 가까운 관계를 나타내는 말이에요.

비슷한 속담

❶ 바늘 따라 실 간다
❷ 실 가는 데 바늘도 간다

이렇게 활용해요!

친한 친구가 생겼어요. 우리는 공부도 함께하고 노는 것도 함께해요. '바늘 가는 데 실 가는 것처럼' 언제나 함께 다니지요.

바늘과 실

요일 ☞

관계 11

말 한마디에
천 ㄴ 빚도 갚는다

관계

빈칸의 초성에 알맞은 단어를 아래 그림자를 보고 맞혀 보세요.

깜짝힌트

옛날에 사용하던 화폐(돈)인 엽전을 세던 단위예요.

✦ 속담 풀이와 활용 ✦

속담 풀이

천 냥은 아주 큰돈이에요. 이렇게 큰돈도 말만 잘하면 갚을 수 있었지요.
==말을 어떻게 하느냐에 따라 불가능한 일도 해결할 수 있다는 말이에요.==

비슷한 속담

❶ 말 잘하고 징역(감옥) 가랴
❷ 천 냥 빚도 말로 갚는다

이렇게 활용해요!

'말 한마디에 천 냥 빚도 갚는다'고 하니 큰 잘못을 했을 때, 진심으로 반성하고 공손하게 사과한다면 용서받을 수 있을 거예요.

엽전

관계 12

열 길 물속은 알아도 한 길
ㅅ ㄹ 의 속은 모른다

 빈칸의 초성에 알맞은 단어를 아래 보기에서 찾아 연결해 보세요.

관계

산	사	래
소	람	수
로	새	레

깜짝힌트

생각을 하고, 도구를 만들어 사용할 수 있는 '인간'을 다르게 부르는 말이에요.

✦ 속담 풀이와 활용 ✦

속담 풀이

아무리 깊은 물속도 보려고 노력하면 볼 수 있지만, 사람의 속마음이나 생각은 알기 매우 힘들다는 말이에요.

알아 두면 좋은 속담

사람에 버릴 사람 없고 물건에 버릴 물건 없다

사람이든 물건이든 저마다 쓸 시기와 쓸 곳이 있다는 뜻이에요.

이렇게 활용해요!

'길'은 길이의 단위로, 한 길은 약 3미터 정도예요. 그러니 열 길은 아주 길고 깊지요.
어제까지 나와 사이좋게 잘 지내던 친구가 갑자기 나에게 말을 안 해요. 화가 났는지 물어도 대답이 없지요. 이럴 때 "열 길 물속은 알아도 한 길 사람의 속은 모른다더니……."라고 말할 수 있어요.

열길 사람

관계 13

병 주고 ♡ 준다

 빈칸의 초성에 알맞은 단어를 아래 보기 중에서 골라 보세요.

① 약
② 옷
③ 애

깜짝힌트

병이나 상처를 치료하기 위해 쓰여요. 먹거나 바르는 등 다양한 방법으로 사용해요.

✦ 속담 풀이와 활용 ✦

속담 풀이

일부러 아프게 해 놓고 약을 주면 황당하겠지요? 이처럼 피해를 준 다음 도움을 주는 겉과 속이 다른 사람을 말해요.

알아 두면 좋은 속담

꿀도 약이라면 쓰다
좋은 말이라도 *충고라면 듣기 싫어지는 것을 뜻해요.

*충고: 남의 잘못을 진심으로 타이르는 말.

이렇게 활용해요!

동생에게 장난을 친 뒤, 미안한 마음에 아이스크림을 사 줬을 때 "병 주고 약 준다"라고 할해요.

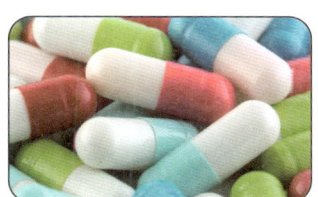
알약

관계 14

자식을 길러 봐야 ㅂ ㅁ 사랑을 안다

빈칸의 초성에 알맞은 단어를 아래 보기에서 찾아 연결해 보세요.

료	사	래
부	모	수
로	새	링

깜짝힌트
아버지와 어머니를 함께 부르는 말이에요.

✦ 속담 풀이와 활용 ✦

속담 풀이

부모의 사랑은 깊고 넓어 그 끝을 다 알 수 없을 만큼 두터움을 의미해요.

비슷한 속담

❶ 자식 둔 부모 근심 놓을 날 없다
❷ 자식들은 평생 부모 앞에 죄짓고 산다

이렇게 활용해요!

자식을 키워 봐야 비로소 부모님의 마음을 이해할 수 있어요. 무슨 일이든 직접 경험하지 않고는 속까지 다 알기 어렵다는 뜻도 있어요.

가족

관계 15

열 ㅅㄱㄹ 깨물어
안 아픈 ㅅㄱㄹ 이 없다

빈칸의 초성에 알맞은 단어를 아래 보기에서 찾아 연결해 보세요.

로	부	발
구	샘	고
손	가	락

깜짝힌트

손끝에 달린
신체 기관으로, 한 손에
다섯 개씩 총 열 개가
있어요.

✦ 속담 풀이와 활용 ✦

속담 풀이

손가락을 하나씩 깨물면 모든 손가락이 다 아파요.
부모에게 자식은 모두 귀하고 소중하지요.

비슷한 속담

❶ 다섯 손가락 깨물어서 아프지 않은 손가락이 없다
❷ 깨물어서 아프지 않은 손가락 없다

이렇게 활용해요!

부모님에게 자식은 모두 귀하고 소중해요.
가끔 동생을 더 좋아하는 것처럼 느껴지더라도 부모님은 언제나 모두를 똑같이 사랑한답니다.

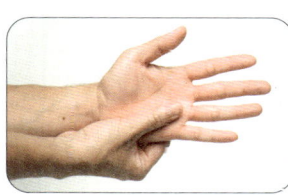
손가락

한눈에 보는 관계 속담

관계가 가득한 속담을 알아봐요.

1. 검정개는 돼지 편

검은색 돼지가 많았던 옛날에, 검은색 개가 돼지를 따라가는 모습에서 나온 말이라고 해요. 모양이나 상황이 비슷한 사람들이 서로를 감싸 줄 때 사용하지요.

2. *애꿎은 두꺼비 돌에 맞다

가만히 있던 두꺼비가 갑자기 날아오는 돌에 맞으면 억울하겠지요? 두꺼비처럼 남의 싸움과 관계없는 사람이 피해를 본다는 말이에요.

*애꿎다: 아무런 잘못 없이 억울하다.

3. 고양이한테 생선을 맡기다

생선을 좋아하는 고양이한테 생선을 맡기면 다 먹어 버리겠지요? 어떤 일이나 물건을 믿지 못할 사람에게 맡기고 마음이 놓이지 않아 걱정한다는 말이에요.

4. 입술이 없으면 이가 시리다

이를 덮어 주는 입술이 없으면 이가 엄청 시릴 거예요.
서로 가까운 관계에 있는 것 중 하나가 잘 안되면 다른 하나도 잘되지 않는다는 말이지요.

5. 개 고양이 보듯

사이가 나빠서 서로 으르렁거리며 해칠 기회만 찾는다는 뜻이에요.
사이가 나쁜 친구를 먼저 용서하면 마음속에 무거운 감정이 덜어질 거예요.

속담 찾기 놀이터

〈보기〉의 속담을 왼쪽 표에서 찾아 동그라미하고, 오른쪽 빈칸에 적어 주세요.

보기
1. 가재는 게 편
2. 병 주고 약 준다
3. 누워서 침 뱉기

마	병	나	모	누
쿠	주	푸	폼	워
로	고	멜	키	서
헬	약	마	로	침
로	준	로	헬	뱉
키	다	디	티	기
가	재	는	게	편

 _____

_____

풀이 비슷한 상황에 놓인 사람들끼리 편을 들거나 감싸 줄 때 사용해요.

속담 _____

_____

풀이 피해를 준 다음 도움을 주는, 겉과 속이 다른 사람을 말해요.

속담 _____

_____

풀이 남을 해치려고 하다가 오히려 자신이 해를 입게 되는 상황을 뜻해요.

생각 01

고양이 ㅈ 생각

빈칸의 초성에 알맞은 단어를 아래 보기 중에서 골라 보세요.

① 종
② 쥐
③ 집

깜짝힌트
'찍찍' 소리를 내는 동물로, 주로 하수구나 마루 밑에서 살아요.

✦ 속담 풀이와 활용 ✦

속담 풀이

속으로는 해칠 마음을 품고 있으면서, 겉으로는 생각해 주는 척하는 상황을 뜻해요.

알아 두면 좋은 속담

고양이 앞에 쥐
무서운 사람 앞에서 꼼짝을 하지 못한다는 말이에요.

이렇게 활용해요!

고양이는 쥐를 잡아요. 이런 고양이가 쥐를 생각해 줄 리 없겠지요? 이렇듯 진심으로 배려하는 것이 아니라 생각해 주는 척하는 사람이나 상황에서 사용해요.

고양이

생각 02

*쇠귀에 ㄱ 읽기

빈칸의 초성에 알맞은 단어를 아래 보기 중에서 골라 보세요.

① 공
② 경
③ 강

깜짝힌트
옛날 조상들의 가르침이나 불교 말씀을 정리한 책이에요.

*쇠귀: 소의 귀.

✦ 속담 풀이와 활용 ✦

속담 풀이

글을 알지 못하는 소에게 책을 읽어 줘도 소는 이해하지 못해요. 이처럼 **아무리 가르쳐도 알아듣지 못하는 상황을** 뜻해요.

비슷한 속담

❶ 말 귀에 염불
❷ 쇠코에 경 읽기

이렇게 활용해요!

반대되는 속담으로는 '서당 개 삼 년에 풍월 한다'가 있어요. 지식이 전혀 없어도 그 분야에 오래 있으면 지식과 경험을 쌓게 된다는 뜻이에요.
그러니 아무리 힘든 공부도 꾸준히 노력하면 좋은 결과로 돌아올 거예요.

생각 03

자라 보고 놀란 가슴 ㅅ ㄸ ㄲ 보고 놀란다

 빈칸의 초성에 알맞은 단어를 아래 그림자를 보고 맞혀 보세요.

생각

깜짝힌트

밥을 지을 때 쓰는 솥을 덮는 뚜껑이에요. 넓적하고 위에는 손잡이가 달려 있어요.

✦ 속담 풀이와 활용 ✦

속담 풀이

어떤 물건이나 일에 매우 놀라면 비슷한 것을 보거나 비슷한 일만 생겨도 겁을 먹게 된다는 뜻이에요.

비슷한 속담

① 몹시 데면 회도 불어 먹는다
② 국에 덴 놈 물(냉수) 보고도 분다(놀란다)

이렇게 활용해요!

자라의 등과 솥뚜껑은 비슷하게 생겼어요. 자라를 보고 놀란 뒤에는 비슷한 모양의 솥뚜껑을 봐도 놀라게 된다는 말이지요.

자라

정답: 쿠로미

참새가 ㅂㅇㄱ을
그저 지나랴

빈칸의 초성에 알맞은 단어를 아래 보기에서 찾아 연결해 보세요.

오	비	바
방	앗	간
김	울	락

깜짝힌트

방아를 이용해서 곡식을 찧거나 빻는 곳이에요.

✦ 속담 풀이와 활용 ✦

속담 풀이

참새는 곡식을 좋아해요.
그렇다면 곡식이 많은
방앗간을 쉽게 지나치지
못하겠지요?
좋아하는 곳을 보면 쉽게
지나치지 못한다는 뜻이에요.

알아 두면 좋은 속담

눈치가 참새 방앗간 찾기
곡식 냄새를 맡고 방앗간을 찾는
참새처럼 눈치가 빠른 사람을 말해요.

이렇게 활용해요!

빵을 많이 좋아하는
친구가 빵집 앞을 떠나지
못할 때 "참새가 방앗간을
그냥 못 지나가지~!"라고
말할 수 있어요.

방앗간

✦ 생각 05 ✦

입에 쓴 약이 ㅂ 에는 좋다

 빈칸의 초성에 알맞은 단어를 아래 보기 중에서 골라 보세요.

① 밤
② 벽
③ 병

깜짝힌트
몸에 문제가 생겨서 정상적으로 활동하기 어려운 현상을 말해요.

✦ 속담 풀이와 활용 ✦

속담 풀이

약은 쓰지만 먹으면 병이 낫도록 도와줘요. 이처럼 나에 대한 충고와 잔소리가 듣기 싫어도, 잘 새겨들으면 나중에 큰 도움이 된답니다.

알아 두면 좋은 속담

병들어야 설움을 안다
직접 경험하지 않고는 남의 서러움을 이해하기 어렵다는 말이에요.

이렇게 활용해요!

"공부해라.", "청소해라."처럼 부모님의 말씀이 잔소리처럼 들릴 때가 있지요?
하지만 입에 쓴 약처럼 나에게 큰 도움이 되는 말이에요.

약

유용

생각 06

*사공이 많으면 배가 ㅅ 으로 간다

 빈칸의 초성에 알맞은 단어를 아래 그림자를 보고 맞혀 보세요.

깜짝힌트

평평한 땅보다 높이 솟아 있는 땅의 부분이에요.

* **사공**: 배를 조종하는 사람.

✦ 속담 풀이와 활용 ✦

속담 풀이

한 배에 탄 사공 여러 명이 각자의 방식대로 배를 저으면 맞는 방향으로 나아가기 어려워요. **여러 사람이 자기 의견만 내세우면 일이 제대로 되지 못한다는 뜻이지요.**

알아 두면 좋은 속담

십 년이면 강산도 변한다
강산은 강과 산이에요. 세월이 흐르면 모든 게 다 변한다는 말이지요.

이렇게 활용 해요!

친구들과 함께 떡볶이를 만들기로 했어요. 그런데 모두 각자의 방식만 고집하다가 결국 이상한 맛이 나는 떡볶이가 되고 말았지요. 이럴 때 "사공이 많으면 배가 산으로 간다더니……." 라고 말해요.

배

운용 규

생각 07

ㅎ ㄴ 이 무너져도 솟아날 구멍이 있다

생각

 빈칸의 초성에 알맞은 단어를 아래 보기에서 찾아 연결해 보세요.

하	효	내
노	늘	해
낙	호	남

깜짝힌트

낮에는 구름과 반짝이는 해를, 밤에는 멋진 별과 달을 볼 수 있어요.

✦ 속담 풀이와 활용 ✦

속담 풀이

하늘이 무너질 만큼 어려운 상황에 놓이더라도 벗어날 방법이 있다는 뜻이에요.

비슷한 속담
❶ 사람이 죽으란 법은 없다
❷ 죽을 수가 닥치면 살 수가 생긴다

이렇게 활용해요!

아주 어려운 일도 해결할 방법이 있어요.
그러니 포기하지 말고 해결할 방법을 찾아보기로 해요.

하늘

요즘 우리

생각 08

ㅎ ㄴ 를 보고 열을 안다

빈칸의 초성에 알맞은 단어를 아래 보기 중에서 골라 보세요.

① 하나
② 학년
③ 하늘

깜짝 힌트

수를 셀 때 맨 처음 세는 수예요. 숫자 1과 같은 뜻이지요.

✦ 속담 풀이와 활용 ✦

속담
풀이

하나만 가르쳐 줬는데 스스로 열 가지를 깨우치는 상황을 말해요.
또는 한 가지만 보고도 전체를 짐작하는 상황을 말하기도 하지요.

비슷한 속담

❶ 하나를 알면 백을 안다
❷ 하나를 부르면 열을 짚는다

이렇게
활용
해요!

동생에게 1+1=2라는 것을 알려 줬더니, 동생이 스스로 2+2=4라는 것을 이해했어요.
동생에게 "하나만 보고도 열을 아는구나!"라고 칭찬해 줬지요.

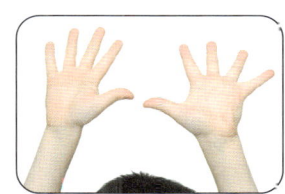
손가락 열 개

생각 09

콩으로 ㅁ ㅈ 를 *쑨다 하여도 곧이듣지 않는다

빈칸의 초성에 알맞은 단어를 아래 보기에서 찾아 연결해 보세요.

가	랑	오
메	주	유
진	성	잘

깜짝힌트
콩, 보리 등을 삶아서
네모 모양으로 만들어
말린 거예요.
된장, 간장 등을
담글 때 사용해요.

* 쑤다: 곡식의 알이나 가루를 물에 끓여 죽이나 메주를 만들다.

✦ 속담 풀이와 활용 ✦

속담
풀이

메주는 콩으로 만들어요.
그런데 이런 사실을
말해 줘도 믿지 못한다는
뜻이에요.

비슷한 속담

❶ 콩 가지고 두부 만든대도
   곧이 안 듣는다

❷ 소금으로 장을 담근다 해도
   곧이듣지 않는다

이렇게
활용
해요!

반대 속담으로 '팥으로 메주를 쑨대도 곧이듣는다'
라는 속담이 있어요.
팥으로 메주를 만들 수
없는데도 믿는 것처럼
남의 말을 너무 잘 믿는
사람을 말해요.

메주

정답 메주

생각 10

아 ㅎ 다르고
어 ㅎ 다르다

빈칸의 초성에 알맞은 단어를 아래 보기 중에서 골라 보세요.

① 함
② 효
③ 해

깜짝 힌트
행동이나 작용을 이루는 '하다'를 줄여서 쓰는 말이에요.

✦ 속담 풀이와 활용 ✦

속담 풀이

'아' 하는 것과 '어' 하는 것은 달라요. **같은 내용의 이야기라도 어떻게 말하느냐에 따라** 달라진다는 말이에요.

비슷한 속담

❶ 에 해 다르고 애 해 다르다
❷ 말이란 탁 해 다르고 툭 해 다르다

이렇게 활용해요!

만들기 숙제를 하느라 방을 어질러 놓은 동생에게 화가 났지만, 열심히 숙제한 동생을 생각해서 이렇게 말했어요. "숙제를 하느라 정말 고생했어. 이제 우리 함께 방을 치워 볼까?" 그러자 동생이 "누나, 방을 어질러서 미안해. 얼른 정리할게."라고 했지요. '아 해 다르고 어 해 다르다'라는 속담처럼 같은 내용이라도 어떻게 말하는지가 정말 중요해요.

생각 11

지성이면 ㄱ ㅊ

빈칸의 초성에 알맞은 단어를 아래 보기 중에서 골라 보세요.

① 감천
② 공책
③ 기차

깜짝 힌트
정성 가득한 모습에 하늘도 감동한다는 뜻의 한자예요.

✦ 속담 풀이와 활용 ✦

속담
풀이

무슨 일이든 정성을 다하면
하늘도 감동한다는 뜻으로,
정성을 다하면 어려운 일도
잘 풀릴 수 있다는 뜻이에요.

비슷한 속담

❶ 정성이 지극하면 돌 위에
풀이 난다
❷ 공든 탑이 무너지랴

이렇게
활용
해요!

아무리 어렵고 힘든 일이더라도 정성을 다하여
꾸준히 노력하면 언젠가는 좋은 결과를 얻을 수 있어요.
이외에도 '구르는 돌은 이끼가 안 낀다',
'흐르는 물은 썩지 않는다'와 같이 꾸준히 노력하는
것이 얼마나 중요한지를 알려 주는 속담이 있지요.

생각 12

ㅍ이
안으로 굽지 밖으로 굽나

 빈칸의 초성에 알맞은 단어를 아래 그림자를 보고 맞혀 보세요.

생각

깜짝 힌트
어깨와 손목 사이의 신체 부분이에요.

✦ 속담 풀이와 활용 ✦

속담 풀이

팔은 안쪽으로만 굽힐 수 있고, 바깥쪽으로는 굽히지 못해요. 이처럼 사람은 자기와 가까운 사람에게 더 정이 가고, 그 사람을 더 돕는다는 뜻이지요.

비슷한 속담

❶ 손이 들이굽지 내굽나
❷ 잔 잡은 팔이 안으로 굽는다

이렇게 활용해요!

'노래 부르기 대회'에서 친구가 1위 후보에 올랐어요. 이때 "팔이 안으로 굽지 밖으로 굽나? 당연히 내 친구를 응원해야지!"라고 말할 수 있어요.

우리나라를 응원하는 모습

생각 13

ㅈ ㄹ ㅇ 도
밟으면 꿈틀한다

생각

빈칸의 초성에 알맞은 단어를 아래 보기에서 찾아 연결해 보세요.

소	아	지
주	로	렁
사	랑	이

깜짝 힌트

가늘고 긴 몸을 꿈틀꿈틀 움직이는 동물로, 비가 온 다음 날 땅에서 볼 수 있어요.

✦ 속담 풀이와 활용 ✦

속담 풀이

작고 약해 보이는 지렁이도 밟으면 꿈틀해요. 조용하고 순해 보이는 사람이라도 함부로 대하면 가만있지 않는다는 말이에요.

비슷한 속담
1. 궁지에 빠진 쥐가 고양이를 문다
2. 지나가는 달팽이도 밟으면 꿈틀한다

이렇게 활용해요!

화를 잘 내지 않는 조용한 친구라고 해서 놀리고 장난치면 안 돼요. 지렁이를 밟으면 상처가 생기는 것처럼, 친구의 마음속에도 상처가 생기기 때문이에요.

지렁이

정답 지렁이

생각 14

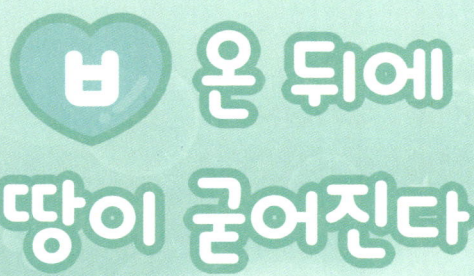

ㅂ 온 뒤에 땅이 굳어진다

 빈칸의 초성에 알맞은 단어를 아래 보기 중에서 골라 보세요.

① 비
② 밤
③ 밖

깜짝 힌트
하늘에서 땅으로 떨어지는 차가운 물방울을 말해요. 이것이 내리면 젖지 않게 우산을 써야 해요.

✦ 속담 풀이와 활용 ✦

속담 풀이

비에 젖어 질척거리던 흙은 마르면서 단단하게 굳어요. **힘든 일을 겪은 뒤에 경험이 쌓이고 더 강해진다는 뜻이에요.**

알아 두면 좋은 속담

가물(뭄)에 단비
기다리던 일이 마침내 이루어짐을 뜻해요.

이렇게 활용해요!

실패한 경험이 있더라도 그 일을 경험 삼아 더 열심히 한다면 '비 온 뒤에 땅이 굳어지듯' 더 강해질 수 있어요.

비에 젖은 땅

생각 15

같은 값이면 다홍 ㅊ ㅁ

생각

빈칸의 초성에 알맞은 단어를 아래 그림자를 보고 맞혀 보세요.

깜짝힌트

우리가 입는 아래옷 중 하나로, 바지와 다르게 다리 사이에 천이 없어요.

✦ 속담 풀이와 활용 ✦

속담 풀이

가격이 똑같은 물건들이 있다면 그중에서 더 예쁘고 좋은 걸 사겠지요?
같은 값이나 같은 노력이 필요하다면 더 좋은 쪽을 고른다는 뜻이에요.

치마폭이 스물네 폭이다
치마폭이 넓다는 뜻으로, 남의 일에 쓸데없이 참견하는 모습을 지적하는 말이에요.

이렇게 활용해요!

같은 가격에 연필만 파는 상품과 연필, 지우개를 세트로 파는 상품이 있다면 세트로 사는 게 더 효율적이에요.
이럴 때 "같은 값이면 다홍치마지!"라고 하지요.

다홍색 한복 치마

한눈에 보는 생각 속담

생각이 가득한 속담을 알아봐요.

1. 두부 먹다 이 빠진다

물컹물컹한 두부를 먹다 이가 빠지는 일은 쉽게 일어나지 않아요. 마음을 놓으면 생각하지 못했던 실수가 생길 수 있으니 항상 조심하라는 말이랍니다.

2. 빛 좋은 개살구

살구와 비슷하게 생긴 개살구는 살구보다 맛이 떫어요. 겉보기에는 괜찮아 보이지만 알맹이는 별 볼 일 없는 상황을 말하지요.

3. 친구 따라 강남 간다

나는 별로 하고 싶지 않은 일이더라도 친구가 하는 일이라면 친구를 따라서 덩달아 하게 된다는 뜻이에요.

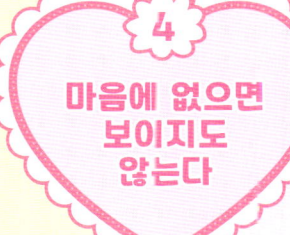

4 마음에 없으면 보이지도 않는다

마음에 아무 생각이 없다면
아무 일도 할 수 없겠지요?
생각이나 뜻이 없으면
이루어지는 것이 없다는 말이에요.

5 눈 먹던 토끼 얼음 먹던 토끼가 제각각

눈을 먹고 살던 토끼와 얼음을 먹고 살던 토끼가 다르다는 뜻이에요. 이처럼 사람은 자기가 겪어 온 환경에 따라 그 능력과 생각이 다르지요.

미로 놀이터

헬로키티가 미로에 갇혔어요.
빠져나오도록 도와주세요!

→ 도착

↑
출발

놀이정답

46~47쪽

86~87쪽

126~127쪽
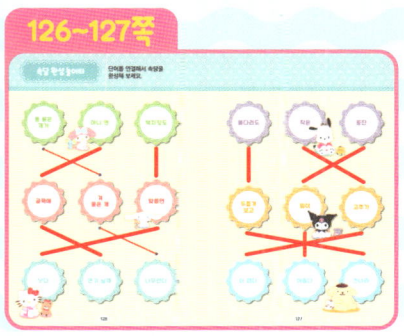

162~163쪽

198~199쪽

234쪽

ㄱ

가는 날이 생일 11
가는 날이 장날 10
가는 떡이 커야 오는 떡이 크다 167
가는 말이 고와야 오는 말이 곱다 166
가는 정이 있어야 오는 정이 있다 167
가는 토끼 잡으려다 잡은 토끼 놓친다 124
가랑비에 옷 젖는 줄 모른다 50
가랑잎이 솔잎더러 바스락거린다고 한다 95
가마 속의 콩도 삶아야 먹는다 141
가물(뭄)에 단비 229
가시나무에 가시가 난다 157
가을 상추는 문 걸어 잠그고 먹는다 44
가재는 게 편 168
가재는 게 편이요 초록은 한 빛이라 169
가지 많은 나무에 바람 잘 날이 없다 90
간에 가 붙고 쓸개에 가 붙는다 171
간에 붙었다 쓸개에 붙었다 한다 170
감나무 밑에 누워서 홍시 떨어지기를 기다린다 173
같은 값이면 다홍치마 230
같은 깃(깃털)의 새는 같이 모인다 169
개 고양이 보듯 197
개구리 낯짝에 물 붓기 77
개구리 올챙이 적 생각 못 한다 56
개구리도 움쳐야 뛴다 57
개똥도 약에 쓰려면 없다 12
개똥밭에 이슬 내릴 때가 있다 75
거미도 줄을 쳐야 벌레를 잡는다 161
거북이 등의 털을 긁는다 45
걷기도 전에 뛰려고 한다 67
검정개는 돼지 편 196
겨 묻은 개가 똥 묻은 개를 나무란다 95
겨울바람이 봄바람보고 춥다 한다 125
겨울이 지나지 않고 봄이 오랴 84
고래 그물에 새우가 걸린다 175
고래 싸움에 새우 등 터진다 174
고생 끝에 낙이 온다 130
고슴도치도 제 새끼는 함함하다고 한다 180
고양이 앞에 쥐 203
고양이 쥐 생각 202
고양이한테 생선을 맡기다 196
고인 물에 이끼가 낀다 135
고추는 작아도 맵다 115
고추보다 후추가 더 맵다 115
곡식 이삭은 익을수록 고개를 숙인다 63
공든 탑도 개미구멍으로 무너진다 133
공든 탑이 무너지랴 132, 223
구르는 돌은 이끼가 안 낀다 134, 223
구름 없는 하늘에 비 올까 51
구슬이 서 말이라도 꿰어야 보배 140
국에 덴 놈 물(냉수) 보고도 분다(놀란다) 207
굿 보고 떡 먹기 97
궁지에 빠진 쥐가 고양이를 문다 227
금강산도 식후경 14
기는 놈 위에 나는 놈이 있다 101
기역 자 왼 다리도 못 그린다 19
길고 짧은 것은 대어 보아야 안다 136
길을 알면 앞서 가라 123
김칫국부터 마신다 33
깊고 얕은 물은 건너 보아야 안다 137
까마귀 고기를 먹었나 17

찾아보기

까마귀 날자 배 떨어진다 16
까마귀 똥도 약에 쓰려면 오백 냥이라 13
까마귀가 검어도 살은 희다 124
깨물어서 아프지 않은 손가락 없다 195
꼬리가 길면 밟힌다 84
꿀단지 겉 핥기 147
꿀도 약이라면 쓰다 91
꿀은 달아도 벌은 쏜다 84
꿩 먹고 알 먹고 둥지 털어 불 땐다 97
꿩 먹고 알 먹는다 96
끓는 국에 국자 휘젓는다 183

ㄴ

나는 놈 위에 타는 놈 있다 101
나는 새도 움직여야 난다 161
나무 될 것은 떡잎 때부터 알아본다 91, 105
나무 잘 타는 잔나비 나무에서 떨어진다 81
남의 다리 긁는다 44
남의 말 하기는 식은 죽 먹기 125
남의 손의 떡은 커 보인다 23
남의 잔치에 감 놓아라 배 놓아라 한다 172
낫 놓고 기역 자도 모른다 18
낮말은 새가 듣고 밤말은 쥐가 듣는다 54
내 얼굴에 침 뱉기 179 / 내 코가 석 자 28
넘어지기 전에 지팡이 짚다 79
네 콩이 크니 내 콩이 크니 한다 21
누운 소 타기 31
누워서 떡 먹기 22, 31
누워서 침 뱉기 178
눈치가 참새 방앗간 찾기 209
눈 먹던 토끼 얼음 먹던 토끼가 제각각 233

ㄷ

다 된 죽에 코 빠졌다 53
다 된 죽에 코 풀기 52
다섯 손가락 깨물어서 아프지 않은 손가락이 없다 195
달걀로 바위 치기 138
닭 잡아먹고 오리발 내놓기 26
닭도 홰에서 떨어지는 날이 있다 81
도둑이 제 발 저리다 24
도토리 키 재기 20
독 안에서 푸념 145
돌다리도 두들겨 보고 건너라 92
동태나 북어나 44
되로 주고 말로 받는다 29
될성부른 나무는 떡잎부터 알아본다 104
두부 먹다 이 빠진다 232
듣는 것이 보는 것만 못하다 107
들은 풍월 얻은 문자 143
등잔 밑이 어둡다 102
등잔불에 콩 볶아 먹을 놈 103
땅 짚고 헤엄치기 30
떡 줄 사람은 꿈도 안 꾸는데 김칫국부터 마신다 32
떡방아 소리 듣고 김칫국 찾는다 33
똥 묻은 개가 겨 묻은 개 나무란다 94
뚝배기보다 장맛이 좋다 41
뛰는 놈 위에 나는 놈 있다 100

ㅁ

마른하늘에 날벼락 110
마른하늘에 벼락 맞는다 111
마음에 없으면 보이지도 않는다 233

말 귀에 염불 205
말 잘하고 징역(감옥) 가랴 187
말 한마디에 천 냥 빚도 갚는다 186
말이 씨가 된다 58
말이란 탁 해 다르고 톡 해 다르다 221
마른날에 벼락 맞는다 111
먼지도 쌓이면 큰 산이 된다 159
모래알도 모으면 산이 된다 159
몹시 데면 회도 불어 먹는다 207
물에 빠지면 지푸라기라도 잡는다 36
미운 사람에게는 쫓아가 인사한다 177
미운 아이 떡 하나 더 준다 176
미운 아이 먼저 품어라 177
믿는 도끼에 발등 찍힌다 60
믿던 발에 돌 찍힌다 61
밑 빠진 독에 물 붓기 144

ㅂ

바늘 가는 데 실 간다 184
바늘 도둑이 소도둑 된다 64
바늘 따라 실 간다 185
바늘구멍으로 하늘 보기 65
바위에 달걀 부딪치기 139
바위에 머리 받기 139
발 없는 말이 천 리 간다 55
발보다 발가락이 더 크다 39
밥 아니 먹어도 배부르다 155
방귀 뀐 놈이 성낸다 25, 34
방귀 자라 똥 된다 35
배나무에 배 열리지 감 안 열린다 157

배보다 배꼽이 더 크다 38
백 번 듣는 것이 한 번 보는
것만 못하다 106
백문이 불여일견 107
백지 한 장도 맞들면 낫다 117
백지장도 맞들면 낫다 116
뱁새가 황새를 따라가면 다리가 찢어진다 66
벼 이삭은 익을수록 고개를 숙인다 62
벽에도 귀가 있다 55
병 주고 약 준다 190
병들어야 설움을 안다 211
병에 찬 물은 저어도 소리가 나지 않는다 63
보기 좋은 떡이 먹기도 좋다 113
부뚜막의 소금도 집어넣어야 짜다 68
불난 집에 부채질한다 182
불장난에 오줌 싼다 85
비 온 뒤에 땅이 굳어진다 228
빈 수레가 요란하다 42
빛 좋은 개살구 43, 232
뿌리 없는 나무에 잎이 필까 109

ㅅ

사공이 많으면 배가 산으로 간다 212
사람과 그릇은 많을수록 좋다 160
사람에 버릴 사람 없고 물건에 버릴 물건
없다 189
사람이 많으면 길이 열린다 123
사람이 죽으란 법은 없다 215
산 넘어 산이다 15
산에 들어가 호랑이를 피하랴 124
새우 싸움에 고래 등 터진다 175

서당 개 삼 년에 풍월 한다 142, 205
세 살 적 버릇이 여든까지 간다 70
닭 소 보듯, 소 닭 보듯 27
소 잃고 외양간 고친다 78
소금으로 장을 담근다 해도 곧이듣지 않는다 219
소금이 쉴 때까지 해보자 69
소문난 잔치 비지떡이 두레 반이라 41
소문난 잔치에 먹을 것 없다 40
속이 빈 깡통이 소리만 요란하다 43
손이 들이굽지 내굽나 225
솥 속의 콩도 쪄야 익지 160
쇠귀에 경 읽기 143, 204
쇠똥도 약에 쓰려면 없다 13
쇠코에 경 읽기 205
수박 겉 핥기 146
숯이 검정 나무란다 95
시작이 반이다 148
시작한 일은 끝을 보라 149
실 가는 데 바늘도 간다 185
십 년이면 강산도 변한다 213
싼 것이 비지떡 112
쓸개에 가 붙고 간에 가 붙는다 171
씨를 뿌리면 거두게 다련이다 59

ㅇ

아 해 다르고 어 해 다르다 220
아는 길도 물어 가랬다 93, 122
아는 도끼에 발등 찍힌다 61
아니 때린 장구 북소리 날까 109
아니 땐 굴뚝에 연기 날까 108

애꿎은 두꺼비 돌에 맞다 196
얕은 내도 깊게 건너라 93
얼굴보다 코가 더 크다 39
에 해 다르고 애 해 다르다 221
열 길 물속은 알아도 한 길 사람의 속은 모른다 188
열 번 갈아서 안 드는 도끼가 없다 151
열 번 찍어 아니 넘어가는 나무 없다 150
열 손가락 깨물어 안 아픈 손가락이 없다 194
오는 날이 장날 11
오르지 못할 나무는 쳐다보지도 마라 151
우물 안 개구리 76
우물을 파도 한 우물을 파라 85
웃는 낯에 침 못 뱉는다 119
웃는 낯에 침 뱉으랴 118
웃는 집에 복이 있다 119
원숭이도 나무에서 떨어진다 80
윗물이 맑아야 아랫물이 맑다 82
응달에도 햇빛 드는 날이 있다 75
이름난 잔치 배고프다 41
입술이 없으면 이가 시리다 197
입에 쓴 약이 병에는 좋다 210

ㅈ

자라 보고 놀란 가슴 솥뚜껑 보고 놀란다 206
자식 둔 부모 근심 놓을 날 없다 193
자식들은 평생 부모 앞에 죄짓고 산다 193
자식을 길러 봐야 부모 사랑을 안다 192
작은 고추가 더 맵다 114
잔 잡은 팔이 안으로 굽는다 225
잘 자랄 나무는 떡잎부터 안다 105

잘되는 밥 가마에 재를 넣는다 53
정성이 지극하면 돌 위에 풀이 난다 133, 223
제 갗(가죽)에 침 뱉기 179
제 방귀에 놀란다 45
제 버릇 개 줄까 71
종잇장도 맞들면 낫다 117
좋은 농사꾼에게 나쁜 땅이 없다 160
죽은 나무 밑에 살 나무 난다 131
죽을 수가 닥치면 살 수가 생긴다 215
쥐구멍에도 볕 들 날 있다 74
지나가는 달팽이도 밟으면 꿈틀한다 227
지렁이도 밟으면 꿈틀한다 226
지성이면 감천 133, 222
진주가 열 그릇이나 꿰어야 구슬 141

ㅊ

찬물도 위아래가 있다 98
찬물에 기름 돌듯 99
참깨가 기니 짧으니 한다 21
참새가 방앗간을 그저 지나랴 208
천 냥 빚도 말로 갚는다 187
천 리 길도 십 리 153
천 리 길도 한 걸음부터 152
첫술에 배부르랴 154
촉새가 황새를 따라가다 가랑이 찢어진다 67
치마폭이 스물네 폭이다 231
친구 따라 강남 간다 232

ㅋ

콩 가지고 두부 만든대도 곧이 안 듣는다 219

콩 심은 데 콩 나고
팥 심은 데 팥 난다 156
콩으로 메주를 쑨다 하여도 곧이듣지
않는다 218
큰 고기는 깊은 물속에 있다 37

ㅌ

타는 불에 부채질한다 183
태산을 넘으면 평지를 본다 131
티끌 모아 태산 158

ㅍ

팔이 안으로 굽지 밖으로 굽나 224
팥으로 메주를 쑨대도 곧이듣는다 219
피는 물보다 진하다 181

ㅎ

하나를 보고 열을 안다 216
하나를 부르면 열을 짚는다 217
하나를 알면 백을 안다 217
하늘을 보아야 별을 따지 121
하늘의 별 따기 120
하늘이 무너져도 솟아날 구멍이 있다 214
한번 검으면 흴 줄 모른다 71
한번 엎지른 물은 다시 주워 담지 못한다 83
호랑이 굴에 가야 호랑이 새끼를 잡는다 73
호랑이에게 물려 가도 정신만 차리면 산다 72
후추를 통째로 삼킨다 147
흐르는 물은 썩지 않는다 223

산리오캐릭터즈를 책으로 만나요!

사전

① 수수께끼 사전   ② 속담 사전

③ 한자 사전   ④ 맞춤법 사전

⑤ 재미팡팡 수수께끼 사전 2탄

⑥ 초등 어휘 사전   ⑦ 그림 찾기 사전